1 파운드의 슬픔

1파운드의 슬픔

이시다 이라 지음 권남희 옮김

예문사

《슬로 굿바이》에 이어지는 연애 단편 제2집이 나왔습니다. 전작 열 편에다, 이 책의 열 편을 합쳐서 스무 편이나 되는 짧은 러브 스토리를 썼습니다. 스스로도 좀 놀랍습니다. 아무래도 열 손가락의 배나 되고 보니, 저의 미천한 경험으로는 이겨낼 재간이 없더군요.

그래서 어디 가서 여성과 합석할 때마다 이렇게 묻습니다.

"저기, 지금까지 한 연애 중에 이건 재미있었다고 생각하는 것 없으세요?"

그랬을 때, 반응은 항상 정해져 있습니다. 자신에게는 드라마 같은 극적인 경험이 없다. 처음에는 반드시 부정합니다. 그러나 조금 얘기를 하다 긴장이 풀리면 꼭 이렇게 얘길 하죠. 아주 평범하고 시시한 얘기지만, 실은 이런 연애를 한 적이 있어요.

저는 만년필로 종이 냅킨에 메모를 하면서 속으로 생각합니다. 그 '평범'이 가장 재미있다고. 극적인 연애는 시시하다고. 평

범한 여성이 평범한 남성에게 마음이 기우는 한순간의 움직임
이 훨씬 좋습니다. 하얀 얼음 덩어리가 부드럽게 녹기 시작할 때
의 마음의 온도를 정확히 파악할 수 있다면, 단편 한 편 정도는
거뜬히 쓸 수 있습니다. 여기 있는 열 편 가운데 반 수 이상은 그
런 식으로 누군가의 라이프 스토리를 빌려서 완성한 것입니다.

이 책에서는 삼십 대의 연애를 테마로 했습니다. 그런데 실제
로 쓴 것은 삼십 대 초반의, 아직 연애에 헤매는 사람들의 이야
기였습니다. 결혼한 커플은 두 쌍밖에 없습니다. 소설이니까 뭐
든 쓸 수 있을 것 같지만, 제게는 아직 삼십 대 후반 이후의 어른
들 연애에 관해 쓸 준비가 되어 있지 않은지도 모릅니다.

그래도 짧은 연애 소설을 쓰는 것은 즐거운 작업이었습니다. 등
장인물의 희미한 마음의 움직임을 좇고, 생활의 세세한 부분을 다
듬고, 계절 의상을 고르고. 그런 작업이 무작정 재미있었습니다.

앞으로도 〈소설 스바루〉에 연애 소설을 계속 쓸 예정입니다.
다음에는 어떤 설정을 할지, 열심히 생각하고 있습니다. 만약 어
딘가에서 저를 만난다면 독자인 당신도 당신만의 '평범한 연애'
이야기를 들려주시지 않겠습니까.

2003년 크리스마스이브 오후에

이시다 이라

차례

두 사람의 이름

"무슨 영양제 이름이 이렇게 많아."

시바타 아사요는 한숨을 쉬며 영양제 진열대 앞에 멈춰 섰다. 숄더백에서 비즈니스 수첩을 꺼내 제품명을 적었다. 아미노 에너지, 건강미인, 네이처라인.

"아사요 같은 일을 하는 사람이 많아서 그렇지."

생맥주를 마셔서 뺨이 불그스레해진 마야마 도시키가 카트를 밀면서 수프와 통조림 코너를 돌아왔다. 아사요는 도시키를 무시하고 수성 볼펜을 굴렸다. 네이밍 전문 마케팅 회사에서 지금 맡고 있는 건강 음료 일에 도움이 될지도 모른다. 같이 저녁을 먹었지만, 아사요는 알코올을 입에 대지 않았다.

이곳은 에비스에 있는 심야 영업 슈퍼마켓이다. 금요일 밤 열두 시 가까이 되었는데 장 보러 온 손님들이 대낮처럼 북적거렸다. 바닥 구석구석까지 형광등 불빛으로 반짝거리는, 청결하고 냉방이 지나치게 잘 되는 가게다. 손님들은 대부분 자신들처럼 차분한 분위기의 커플이 많았다. 일반 식재료 외에 중급 와인과 신선한 서양 채소 종류가 많아서 두 사람이 즐겨 찾는 곳이다. 집에서 걸어서 십 분 거리에 있다. 더 가까이에도 슈퍼가 있지만, 아사요는 신선한 양배추와 어린잎 채소, 적색 치커리를 언제든 구입할 수 있는 이 슈퍼가 마음에 들었다.

"아사요도 달걀하고 우유 필요하지? 내가 사 뒀어."

입속말로 고맙다고 하고, 노란색 통 네이처라인을 집어 들었다. 장시간 컴퓨터 작업으로 인한 신경성 피로와 어깨 결림을 해소하는 아홉 종류의 비타민이 배합된 영양제로 피부 미용에도 좋다고 한다. 아사요는 영양제 통을 카트에 던져 넣었다.

"또 영양제 충동구매야? 질리지도 않네."

세면대에는 영양제가 잔뜩 널려 있다. 대부분 다 먹지도 못하고 유통기한과 함께 쓰레기통으로 간다. 아사요는 카트를 들여다보며 말했다.

"자기도 배 나오는 것 걱정하는 주제에 이런 것 사면서."

내일 손님 접대용 식재료 밑에 생면 컵라면이 보였다. 진한 돈코쓰 간장 맛. 도시키가 고개를 갸웃거렸다.

"어라, 언제 들어갔지. 그렇지만 술 마신 다음 날 라면 먹고 싶지 않아? 한입 줄까?"

아사요는 고개를 저었다. 그런 습관은 이십 대가 끝남과 동시에 졸업했다. 수첩을 백에 넣고 계산대로 가면서 생각했다. 영양제와 화장품은 참 비슷하다. 둘 다 효능만 읽으면 훌륭한 제품으로 느껴진다. 하지만 사용해 보기 전까지는 자신의 몸에 맞는지 어떤지 절대 모른다. 그뿐만 아니라 어딘가에 자신을 위해서 만든 특별한 제품이 있을 거라고, 괜한 기대를 갖게 하는 면조차 비슷하다. 도시키는 진열대에서 약을 한 통 내리더니 아사요의 등에 대고 말했다.

"이건 어때? 음식을 먹은 뒤에도 이 약만 먹으면 날씬해진대."

아사요는 뒤돌아 도시키를 보았다. 최근에는 중소기업은 물론, 종합상사에서도 금요일에는 캐주얼 차림이 일반적이다. 덩거리 셔츠에 베이지색 면바지를 입은 금요일의 도시키는 키가 큰 탓인지 가게에서 단연 돋보였다.

"칼로리 아웃이지? 안 돼, 그거 전혀 효과 없어."

아사요는 도시키에게 등을 돌리고, 혼자만의 생각으로 돌아왔다. 영양제와 비슷한 것은 화장품보다 남자 쪽일지도 모른다. 서른이 넘으면 화장품은 없어서는 안 되지만, 남자는 그 정도까지는 아니다. 기한이 되면 쓰레기통에 버리는 것도 비슷하고, 이것저것 시험해 보았지만 결정적인 제품을 만나지 못한 것까지 비슷하다.

"어이, 기다려."

아사요는 어깨 너머로 손을 흔들었다. 도시키와 함께 산 지 일
년 가까이 됐다. 불타듯이 즐거웠던 몇 달이 지난 후로는 안정된
하루하루다. 그래도 이 생활이 언제까지 계속될지는 아무도 모
른다. 아사요는 도시키가 남은 평생을 함께 보낼 베스트 파트너
인지 자신이 없다. 아직은 보이지 않지만, 이 연애에도 유통기한
이 있을지 모른다. 영양제 통 뒷면과 달리, 남자 등에는 연애 유
통기한이 찍혀 있지 않다.

두 사람이 사는 맨션은 에비스니시에 있는 투룸이다. 여름에
는 샤워만으로 끝낼 때가 많아서, 그날 밤은 도시키가 먼저 욕실
을 사용했다. 아사요는 거실 구석에 있는 스탠드만 켰다. 밤의
릴랙스 모드 조명이다.

하얀색 쇼핑 봉투는 테이블에 널브러져 있다. 아사요는 내용
물을 테이블에 늘어놓고, 주방에서 유성 사인펜을 갖고 왔다. 열
개들이 달걀 포장을 뜯어서 바로 앞줄에 A라고 써넣었다. 영양
제와 우유 팩에도 마찬가지였다.

그것은 두 사람의 습관이었다. 서로 몇 번 뼈아픈 이별을 경험
한 뒤라, 무엇이든 소유권을 확실히 해 두는 것을 동거 규칙으로
정했다. 그렇게 하면 언젠가 동거를 해소할 때, 추한 쟁탈전을

하지 않아도 된다. 처음에는 가구나 전자 제품이나 서적뿐이었지만, 날이 갈수록 방 안에 A와 T가 범람하게 되었다. 지금은 생선에조차 이니셜을 쓰고 있다. 루콜라를 묶은 비닐 테이프에도 아사요의 A. 귀찮아서 백 엔 미만은 포기했지만, 당연히 슈퍼 계산도 자기 몫만 정산한다.

너무 정 없이 살아서 힘들겠다고 하는 친구도 있었지만 아사요는 개의치 않았다. 아무리 평범해 보이는 커플도 반드시 어딘가 한 가지는 이해 안 되는 부분이 있다. 어느 정도 세상을 보아온 아사요는 잘 안다. 자신들의 경우, 그것이 소유권을 적는 습관이다. 현재까지 아사요와 도시키의 생활은 순조롭다. 모든 것이 원만하게 흘러가는 동안은 습관을 바꿀 필요가 없다.

"샤워 먼저 하고 나왔어."

허리에 타월을 두른 도시키가 거실로 되돌아왔다.

"내 것, 표시해 두었어. 근데 그거 정말로 지금 먹을 거야?"

아직 이니셜 T를 쓰지 않은 컵라면이 테이블에 있다.

"으음, 어떡할까. 아사요는 어떻게 생각해, 이거?"

도시키는 타월 위로 보이는 옆구리를 집으며 말했다.

"좀 쪄도 돼. 젊은 애들한테는 인기가 없어지겠지만, 난 전혀 신경 쓰이지 않으니까."

배는 그렇지 않지만, 자신도 팔과 엉덩이 살이 늘어진 기분이 들었다.

"그렇게 말하니 먹을 마음이 없어지네. 그럼 우리 과 여직원들을 위해 오늘 밤에는 참을까."

도시키는 벽에 세워둔 큰 거울 앞으로 가더니 보디빌더 자세를 취했다. 그리고 거울 속으로 귀걸이를 빼는 아사요를 보며 말했다.

"다이어트를 위해 운동 좀 할까."

아사요가 코웃음 치며 말했다.

"안 돼, 피곤해. 내일 해."

피곤할 때 하면 더 효과가 좋은데, 하는 도시키의 중얼거림을 흘려듣고, 아사요는 욕실로 갔다.

토요일 한낮이 지나 한 쌍의 부부가 놀러 왔다. 선물로 보냉상자에 든 화이트와인과 캔 맥주를 들고 왔다. 사카구치 가즈히토와 히데미 부부는 도시키의 학생 시절 친구로, 아사요도 작년 결혼식에 초대받아 다녀왔다. 오늘은 도시키가 최근에 산 대형 플라즈마 텔레비전으로 저녁부터 축구를 보기로 했다. 요코하마 출신인 도시키는 도쿄에 온 지 십 년이 더 지난 지금도 열렬한 F·마리노스 팬이었다.

현관에서 반갑게 맞이한 뒤, 아사요만 주방으로 돌아왔다. 둘이서 일할 만큼 주방이 넓지 않고, 손님이 올 때의 레시피는 대체로 정해져 있어서다. 아사요가 십여 종류의 신선한 채소를 채썰어 대량으로 샐러드를 만들고, 도시키가 두께 3센티미터 정도의 필레 스테이크를 겉이 노릇하게 탈 때까지 굽는다. 차례는 아사요가 먼저였다. 스테이크는 시간이 별로 걸리지 않고, 구워서 바로 먹는 게 맛있다. 샐러드는 그동안 냉장고에 차갑게 넣어 두면 된다. 다음은 몇 종류의 빵과 치즈만 준비하면 충분히 만족스러운 식사가 된다.

"아사요 씨도 같이 마셔요."

히데미가 화이트와인 잔을 갖고 와서, 카운터 너머의 스툴에 앉았다.

"고마워요."

아사요는 히데미와 건배했다. 남자들은 소파에 앉아 새로 산 텔레비전을 보고 있다. 히데미가 웃으며 말했다.

"텔레비전 엄청 좋네요. 뒤에 크게 T라고 쓰여 있데요."

아사요는 오크라를 세로로 썰던 손을 멈추었다.

"정말 애 같다니까요. 나한테는 절대 안 준대요."

아사요는 텔레비전 같은 건 액자처럼 크고 얇지 않아도 상관없었다. 아니, 문고 책만 해도 좋다고 생각했다.

"그렇지만 서로 독신이고 일을 하고 있으니 저런 것도 살 수 있는 거예요."

그리고 히데미가 목소리를 낮추어 말했다.

"나도 뭐라도 일을 하고 싶어요. 전업주부만 하기에는 너무 지루해요."

사카구치 가즈히토는 보수적인 타입이어서 아내가 될 사람은 가정에 있기를 바랐다. 요즘 불황이라고는 하지만, 은행원 급여가 나쁘지 않으니 가능한 얘기일 것이다.

"이해가 가요. 나도 지금 다니는 회사는 일이 무척 재미있더라고요."

"좋겠어요. 도시키라면 우리 남편처럼 고지식하지 않아서 일을 계속할 수 있겠죠. 아사요 씨네는 결혼 안 해요? 계속 이렇게 따로따로 이니셜을 써넣지 않아도 두 사람 참 괜찮은 부부가 될 것 같은데."

히데미는 와인을 다 마시더니, 잔을 기울여 바닥을 보았다. 여기에도 조그맣게 A라고 쓰여 있다. 아사요는 오크라에 칼집을 넣었다.

"언젠가는 그렇게 될지도 모르지만, 지금은 잘 모르겠어요. 별로 형식에 연연하지 않아도 괜찮지 않을까, 그러고 있어요."

흐음, 하고 끄덕이다. 히데미는 주방 벽에 걸린 검은 고양이 냄비 받침을 발견했다.

"아사요 씨, 고양이 키웠어요?"

"네. 본가에서는 아직 키워요. 고양이 정말 귀여워요, 그죠."

"맞아요."

신선한 채소의 섬유질을 사각사각 써는 감촉이 좋았다. 맑게 갠 토요일 오후, 햇살은 하얀 벽에 반사되어 환하게 주방에 쏟아졌다. 아사요는 아무 생각 없이 말했다.

"지금도 키우고 싶은 마음은 있지만."

거실에서 대―한민국 소리가 대합창으로 들려왔다. 남자들은 흥을 돋우기 위해 2002 월드컵, 한국 대 이탈리아 경기를 비디오로 보고 있는 것 같았다. 눈 깜짝할 사이에 끝나버린 그 대회의 베스트 경기였다.

아사요는 와인을 한 모금 마신 뒤, 하얀 알갱이가 가득한 오크라를 접시에 옮기고, 루콜라를 손으로 뜯었다.

히데미에게 전화가 온 것은 그다음 주 수요일이었다. 밤 아홉 시가 지나서였다. 도시키는 야근 때문에 아직 돌아오지 않았다.

"여보세요, 아사요 씨. 잠깐 통화해도 돼요?"

아사요는 텔레비전 소리를 낮추었다. 큰 화면으로 보는 뉴스 진행자는 뭔가 묘하게 위화감이 있다.

"네. 무슨 일이에요?"

히데미는 흥분했는지, 숨도 쉬지 않고 말했다.

"친구네 집에 고양이가 새끼를 낳아서요, 세 마리가 있는데, 아사요 씨 얘길 했더니 먼저 고르지 않겠냐고 하더라고요. 나도 봤는데요, 아비시니안과 잡종 혼혈인데, 굉장히 귀여워요. 우리도 키우고 싶지만, 알다시피 은행 사택이어서요."

잠시 생각했지만, 바로 대답했다.

"네, 보러 갈게요. 아마 도시키 씨도 좋아할 거예요."

주말에 그 친구의 집에 가기로 하고 전화를 끊은 뒤, 아사요는 책 선반에서 무언가를 찾았다. 어느 외국 서적 서점에서 산 대형 고양이 사진집이 있을 터였다. 혼자 살 때는 고양이가 외로울 것 같아서 키우기를 주저했다. 둘이서라면 좀 괜찮을지도 모른다.

가족이 하나 늘어나면 갑자기 북적거리는 느낌이 들겠구나 생각하며, 아사요는 티셔츠와 반바지 차림으로 하염없이 아비시니안 사진을 들여다보았다.

도시키는 고양이 한 마리 늘어나는 것쯤은 개의치 않는 것 같았다. 전날 야근으로 밤늦게 돌아왔으면서도 토요일에는 불만스러운 표정 하나 없이 차를 운전해 주었다. 아사요는 오전에 에비스가든 플레이스의 미쓰코시 백화점까지 가서 맛있다고 소문난 슈크림을 선물로 준비했다.

히몬야 주택가에 있는 그 집은 조금 독특했다. 3층 건물 전부 무광택 금속으로 싸여 있고, 커다란 차고가 주거 공간에 붙어 있었다. 르노의 오래된 스포츠카라고 하는데, 차에 관해서 잘 모르는 아사요에게는 창 너머로 자동차를 보면서 아침을 먹는다는 건 상상이 되지 않았다. 벽에는 미술관 전시품처럼 번쩍거리는 공구가 걸려 있었다.

아사요와 도시키는 나이 차가 많이 나는 부부에게 인사를 했다. 히데미는 먼저 와서 차고 구석에 있는 상자 속 새끼 고양이와 놀고 있었다. 아사요는 선물을 건네고, 바로 유리 벽의 차고로 들어갔다. 분명 부인이 신경 써 준 것이리라. 차고에서는 경유나 모터오일 냄새가 아니라 재스민 향이 났다. 히데미의 목소리는 소녀 같았다.

"얘들 좀 봐요. 다들 엄청 귀여워요."

이삿짐센터 상자 속에 낡은 담요가 깔려 있었다. 엄마 고양이는 누워서 주의 깊게 히데미와 아사요를 번갈아가며 올려다보았다. 늘씬하면서도 탄탄한 근육질의 고양이였지만, 뱃가죽만은 조금 늘어져 있었다. 촘촘하게 난 밝은 밤색 털은 아름다웠고, 초록색 눈 속에는 검은 눈동자가 세로로 길게 떠 있다.

"엄마도 늠름하네요. 다들 귀여워서 갈등되네."

세 마리의 고양이는 손바닥에 올릴 수 있을 정도로 작았다. 두 마리는 활달하게 장난치고 있었지만, 나머지 한 마리는 스핑크 스처럼 점잖게 앉아 개구쟁이 형제를 지켜보고 있었다. 그 고양 이만 털 색깔이 푸른빛이 도는 은색으로 차분하고 영리해 보였 다. 도시키가 다가와서 상자를 들여다보았다.

"오, 애기들이 활달하구나. 저기 끝에 있는 은색 녀석만 폼 잡 고 있는걸."

자기가 무슨 소리를 들었는지 아는지, 새끼 고양이는 도시키 를 올려다보고 작은 봉투를 찢는 듯한 소리로 야옹 울었다. 아사 요가 돌아보며 말했다.

"지금 자기한테 인사했어. 이 아이는 분명 머리가 좋을 거야."

"그래? 그럼 그 녀석으로 하면 되겠네."

도시키 특유의 요코하마 억양이 나왔다. 기분이 좋다는 증거 다. 히데미가 말했다.

"그럼 아사요 씨, 이 아이로 결정이죠?"

아사요는 그때 처음으로 은색 새끼 고양이에게 손을 뻗쳤다. 막 손질한 머리처럼 매끄러운 털이었다. 오돌토돌 작은 뼈가 손 에 만져졌다.

"넌 남자아이구나. 어때, 우리 집에 가볼래?"

아사요가 초록색 눈을 바라보면서 말을 걸자, 새끼 고양이는 조그맣게 울며 손가락 냄새를 맡더니 가운뎃손가락 끝을 슬쩍 핥았다.

　그날 저녁 무렵, 아사요와 도시키는 고양이 모래 한 자루와 새
끼 고양이용 통조림을 덤으로 얻어서 돌아왔다. 돌아오는 차에
서 새끼 고양이 상자는 줄곧 아사요 무릎 위에 있었다.
　"얘는 엄마를 닮아서 어딘가 날카로운 면이 있어. 서양 고양이
가 원래 얼굴선이 날카로워서 육식 동물이란 느낌이 들잖아."
　"그런가. 잡종 길고양이하고 별로 다르지 않은 것 같은데."
　도시키는 새끼 고양이보다 차고에 있던 삼십오 년 전의 프랑
스제 스포츠카 쪽에 흥미가 있는 것 같았다. 고양이와 노는 여성
들을 버려두고, 남자들끼리 올드카 관리 방법 얘기만 하고 있었
다. 아사요는 새끼 고양이에게 말했다.
　"뭘 모르는구나, 이 아저씨는. 내가 너한테 최고의 이름을 지
어줄게."
　도시키는 차선 변경을 하려고 백미러를 확인하며 말했다.
　"이마 한복판에 A라고 안 써?"
　아사요는 그런 건 생각도 하지 않았다. 버럭 화를 내며 말했다.
　"쓸 리가 없잖아. 이 아이는 가족의 일원이고, 도시키의 텔레
비전 같은 것과는 비교가 안 되니까."
　한동안 차 안에 침묵이 흘렀다. 에비스에 가까워진 뒤, 도시키

가 겨우 입을 열었다.

"일 년이 지났지만, 이니셜을 쓰지 않아도 되는 것이 우리 집에 온 건 처음이야. 이런 것이 점점 늘어날수록 우리 생활도 달라지겠지."

평소와 달리 진지한 어조에 놀라, 아사요는 운전 중인 그의 옆얼굴을 보았다. 도시키는 입을 다물고 정면을 보고 있었다. 아사요는 한 손으로 새끼 고양이를 쓰다듬으면서 기어변속기에 올린 도시키의 손에 다른 쪽 손을 포갰다.

은색 새끼 고양이는 낯선 맨션에 놀란 듯했지만, 첫 우유와 첫 화장실을 마치더니 이내 새집 탐험에 들어갔다. 가느다란 꼬리를 곧게 펴고, 머리를 높이 쳐들고 주위에 주의를 기울이면서 천천히 거실을 답사했다. 도시키는 그런 새끼 고양이를 보며 말했다.

"이 집의 왕자님 같네."

토요일 밤과 일요일 하루 종일, 아사요와 도시키는 한 걸음도 밖에 나가지 않고 새끼 고양이와 놀며 보냈다. 그때까지의 두 사람에게는 생각할 수 없었던 일이다. 아무리 피곤해도 주말에는 반드시 밖에서 식사를 하든가 영화나 쇼핑을 즐겼다.

일요일이 되자, 얌전했던 새끼 고양이는 완전히 무장을 해제

하고 마구 돌아다니고 뛰어다녔다. 소파 위를 걸어 다니고 의자에서 테이블로 점프했다. 도시키의 어깨에 올라가 방에서 방으로 새로운 영토 시찰을 하고 싶어 했다.

일요일 밤, 놀다 지쳐 배를 드러내고 자고 있는 새끼 고양이를 보면서 아사요가 말했다.

"우리도 그만 자자. 이럴 줄 알았으면 좀 더 일찍 고양이를 키울 걸 그랬네. 그지, 꽤 즐겁지?"

파자마 차림의 도시키는 새끼 고양이 배에 새 핸드타월을 덮어주었다.

"그러게. 주말에 밖에 나가지 않으니 돈도 안 쓰고. 이런 상태라면 금세 집 사겠는걸."

두 사람은 새로운 가족이 깨어났을 때를 위해 거실과 침실 사이의 문을 열어둔 채 잠자리에 들었다.

월요일, 아사요는 일에 집중했다. 하지만 퇴근 시간이 가까워지자 새끼 고양이가 걱정이 되어 미칠 것 같았다. 할 수 없이 일을 갖고 정시에 회사를 나왔다. 아직 태어난 뒤로 혼자 보낸 적이 없다. 몹시 외로울 것이다. 에비스 역 빌딩에서 아마릴리스 조화와 플라스틱 새 등, 새끼 고양이 장난감이 될 만한 것을 사서 빠른 걸음으로 집으로 돌아왔다.

현관을 여는 것과 동시에 큰 소리로 말했다.

"엄마 왔어. 외롭지 않았니?"

고요가 감도는 집 안에는 소리 하나 나지 않았다. 새끼 고양이는 자고 있을까. 아사요는 구두를 벗자, 짧은 복도를 지나 거실로 갔다. 다행이었다. 새끼 고양이는 상자 속에 있었다. 자는 것 같았다. 하지만 상태가 이상했다.

"괜찮니? 어디 아파?"

새끼 고양이는 사지를 축 늘어뜨리고 옆으로 누워 있었다. 혀를 쑥 빼고 괴로운 듯이 빠르고 얕은 호흡을 되풀이했다. 아사요가 말을 걸어도 머리를 들지 못하고, 눈물이 그렁거리는 눈을 힘없이 뜨고 올려다볼 뿐이었다. 몸을 만져보았다. 축 늘어지고 힘이 없는 게 내용물이 빠진 쿠션 같은 느낌이었다. 아사요는 미쳐버릴 것 같았다.

웃옷 안주머니에서 휴대전화를 꺼내 화면도 보지 않고 걸었다.

"나야."

도시키의 사무적인 목소리가 들렸다.

"나. 지금 집에 막 돌아온 참인데, 이 아이의 상태가 이상해. 숨쉬는 게 괴로운 것 같아. 혀를 늘어뜨리고 무슨 말을 해도 전혀 반응이 없어."

사무실의 도시키는 냉정했다.

"상태가 잠깐 안 좋은 것 같아, 아니면 곧 죽을 것처럼 안 좋은 것 같아?"

아사요는 새끼 고양이 배를 보았다. 주기적으로 경련이 일듯이 파도쳤다.

"잘 모르겠지만, 후자 같아."

도시키의 목소리가 긴장되었다.

"그래? 잘 들어. 아사요는 104에 전화해서 가까운 동물병원을 물어보고 택시로 그 아이를 데리고 가. 급한 환자라고 하고, 차례 기다리지 말고 진료를 받는 거야. 나는 일을 마무리하고 바로 갈게. 알겠지? 동물병원에 도착하면 전화 줘."

"응, 알았어."

도시키의 목소리는 듬직했다.

"아사요, 정신 차려. 그 아이는 아직 이름조차 없어. 너만 의지하고 있어."

도시키의 말에 눈물이 쏟아질 뻔했지만, 아사요는 동요하지 않고 대답했다.

"응. 할 수 있는 한 해볼게. 자기도 되도록 빨리 와."

제일 가까운 동물병원은 500미터쯤 떨어진 에비스미나미에 있었다. 메구로미타 거리에 있었으나, 거기까지 갈 일이 없었던 아사요는 미처 보지 못했다. 중년의 수의사와 젊은 간호사는 퇴근할 준비를 하고 있었지만, 아사요의 울상인 얼굴을 보자 바로 문을 열어주었다.

지친 표정의 수의사는 새끼 고양이를 진찰대에 눕히고, 눈과 입속을 본 뒤 청진기를 가슴에 댔다.

"폐에 울혈이 생긴 것 같군요. 이 아이는 생후 얼마나 됐습니까?"

아사요는 히몬야에서 들은 생일을 떠올렸다.

"사 주쯤 됐어요."

"그런가요."

수의사는 청진기를 내리고, 간호사에게 말했다.

"초음파 준비 좀 해 줘요."

간호사가 대차에 실린 업무용 전자레인지만 한 크기의 기계를 밀고 왔다. 또 한 사람은 수의사의 지시로 새끼 고양이의 가슴털을 깎았다. 준비가 끝나자, 수의사는 젤로 범벅한 맨살에 끝이 동그란 탐침봉을 갖다 댔다. 흑백 모니터에 당황한 듯이 수축을 거듭하는 조그마한 심장의 그림자가 비쳤다. 수의사는 신음했다.

"으음, 이건 ……."

심장 사진을 몇 장 출력하더니, 수의사는 간호사에게 무언가

약 이름을 말했다. 아사요는 그저 진료실 한가운데에 멍하니 서서 새끼 고양이를 바라보고 있을 뿐이었다. 주사를 두 대 놓고, 응급처치가 끝나자 수의사는 아사요를 의자에 앉게 했다.

"이 아이는 애견 가게에서 데려오셨습니까?"

아사요는 고개를 가로저었다.

"엊그제 친구의 친구네 집에서 데려왔어요."

"그렇군요. 애견 가게 고양이라면 보증서가 있어서 건강한 고양이와 교환할 수 있을 텐데, 그거 안됐군요."

새끼 고양이 반품 보장. 아사요로서는 생각할 수 없는 일이었다. 수의사는 담담하게 말했다.

"유감입니다만, 이 아이는 선천적으로 심장에 결함이 있습니다."

출력한 것을 보여주며 볼펜 끝으로 짙은 그림자를 가리켰다.

"심장에는 좌우 심실을 나누는 두꺼운 벽이 있습니다. 심실사이막이라고 합니다만, 이 아이는 선천적으로 이곳에 작은 구멍이 뚫렸던 것 같습니다. 요 며칠 심한 운동을 한 적 없습니까?"

주말에는 도시키와 아사요와 집 안 여기저기를 뛰어다니며 놀았다. 그 활발하던 새끼 고양이의 심장에 구멍이 뚫려 있었다니. 아사요는 힘없이 끄덕였다.

"그래서 작은 구멍이 커진 것이죠. 좌우 심실이 합선을 일으켰어요. 좌심실의 혈액이 폐동맥으로 흘러들어, 폐 울혈이 일어나 호흡이 곤란해진 거죠. 좀 전에 울혈을 억제하는 주사를 놓았습니다."

그때 슈트 차림의 도시키가 진료실로 들어왔다. 진찰대에서 의식을 잃고 있는 새끼 고양이를 보더니, 아사요에게 고개를 끄덕였다.

"이 녀석 괜찮습니까, 선생님?"

지친 표정의 수의사는 전혀 변함없는 어조로 방금 한 이야기를 되풀이했다. 마지막에 이렇게 덧붙였다.

"문제는 여기서부터입니다. 오늘 밤은 이 아이를 맡고 있겠습니다만, 잘 생각해 주세요. 이대로는 낫지 않기 때문에 심장 수술이 필요합니다. 수술에는 위험이 따르고, 비용도 만만찮습니다."

도시키가 물었다.

"얼마 정도일까요?"

수의사는 대략이지만, 하고 요전에 도시키가 산 플라즈마 텔레비전 값 정도의 수술 비용을 말했다.

"수술이 잘돼도 이런 장애를 갖고 태어난 새끼 고양이는 병약해서, 오래 살지 못할지도 모릅니다. 성공해도 합병증을 일으켜서 어떻게 될 수 있습니다. 수술을 할지, 아니면 이대로 편안히 보내줄지 어려운 선택이 되겠지만, 잘 생각해 보시고 내일 전화

주십시오."

아사요가 필사적으로 말했다.

"내일이 아니면 안 되는 거예요?"

"네. 만약 수술을 한다면 바로 체력 관리를 시작해서 ……."

수의사는 벽에 걸린 러시안 블루 달력을 보았다.

"…… 이번 주말에는 수술을 하는 편이 좋겠군요. 더 이상 구멍이 커지면 위험합니다."

"알겠습니다."

도시키는 그렇게 말하고 아사요를 보았다. 아사요는 천천히 일어났다. 간신히 참고 있던 눈물이 진료실의 하얀 타일에 점점이 떨어졌다. 주사가 듣기 시작했는지, 호흡이 편안해진 새끼 고양이에게로 가서 가만히 손을 올렸다. 따듯하고 가녀린 몸이었다.

"내일 또 올게."

도시키가 아사요의 어깨에 손을 올렸다. 아사요는 참지 못하고 도시키의 가슴에 기대어 토하듯이 울었다. 수의사도 간호사도 그 자리에 있었지만, 참을 수가 없었다. 등을 토닥이는 남자의 다정한 손길에 자제력이 걷잡을 수 없이 무너져 내렸다.

돌아오는 길에 도시키가 말했다.

"편의점에서 도시락이라도 사 갈까, 아니면 뭐 좀 먹고 갈까."

시간은 이미 밤 열 시가 가까웠다. 목은 말랐지만, 식욕은 도통 없었다.

"먹기 싫어."

도시키는 길에서 고개를 가로저었다.

"안 돼. 아사요가 안 먹어서 그 녀석이 건강해진다면 모르지만, 어차피 수술할 생각이잖아?"

아사요는 창백한 얼굴로 끄덕였다.

"그렇다면 아직 일주일이나 남았고, 그다음에는 간병도 해야 돼. 지금부터 체력을 길러두지 않으면 안 돼."

아사요는 도시키를 돌아보았다. 뒤에서 달려오는 차의 헤드라이트 때문에 표정은 보이지 않았다.

"수술을 하는 건 우리 욕심이야. 갓 태어난 그 녀석에게는 부담이 너무 클지도 몰라. 설령 성공해도 선생님 말대로 병약한 채 짧은 일생을 보낼지도 모르고, 고통스러운 삶을 강요하는 것뿐일지도 몰라."

도시키가 하는 말도 이해가 갔다. 하지만 아사요에게는 수술 이외의 선택은 생각할 수 없었다. 손바닥에 올라갈 만큼 조그마한 아이의 몸이 그렇게 뜨거운데, 다른 선택은 할 수 없다. 도시키가 고개를 숙인 채 아무 말도 못 하는 아사요의 손을 잡고 걷기 시작했다.

"알아. 수술에 걸어보자. 여름 여행 취소하고, 용돈을 조금씩 줄이면 되지. 수술비는 반반, 됐지?"

아사요는 울면서 웃었다. 그날 밤은 집 근처에 있는 사누키 우동 가게에 가서 도시키는 튀김우동을, 아사요는 냉우동을 주문했다. 도시키가 보고 있어서 간신히 반쯤 먹고 젓가락을 내려놓았다. 평소 제일 좋아하는 맛이지만, 혀가 이상해졌는지 너무 짜고 쓰게 느껴졌다.

수술은 토요일 오후 두 시로 정해졌다. 두 시간 정도 걸린다고 했다. 아사요와 도시키는 동물병원 대합실에서 대기했다. 사카구치 부부도 문병하러 와주었다. 히데미가 아사요의 손을 꼭 잡고 말했다.

"내가 이상한 아이를 소개해서 미안해요."

아사요는 고개를 가로저었다. 그 아이는 절대 이상한 고양이가 아니었다.

"그보다 그쪽 집에 병 이야기, 안 했죠?"

히데미는 끄덕였다. 이번 일은 둘이서 해결하기로 아사요와 도시키는 얘기를 마쳤다. 가즈히토는 은행원답게 거침없이 돈 이야기를 꺼냈다.

"이거 위로금. 병원비에 보태 써. 우리 히데미가 소개한 일이니 우리도 책임이 있다고 생각해. 괜히 폐만 끼쳤네."

가즈히토가 긴 편지라도 든 것처럼 두툼한 봉투를 내밀었다. 도시키는 부드럽게 거절하며 말했다.

"괜찮아. 오기로 하는 얘기가 아니라, 정말로 괜찮아. 우리 집에는 아직 사흘밖에 안 있었지만, 그 녀석은 우리 가족이야. 우리 두 사람이 책임지게 해 줘."

도시키의 말을 듣고 아사요는 수술 전 새끼 고양이 모습을 떠올렸다. 전신마취 전에 짧은 면회가 허락되었다. 아이는 자기가 왜 이런 일을 당하는지 모르겠다는 표정으로 초록색 눈을 한껏 뜨고 애타게 두 사람을 바라보았다. 아사요는 울지 않기로 단단히 마음먹었지만, 가슴이 찢어질 것 같아서 결국 울고 말았다. 도시키도 황급히 고개를 돌리고, 손가락 끝으로 눈가를 눌렀다. 생각하니 또 눈물이 고였다.

중간에 떠 버린 봉투를 보고 히데미가 수습하듯이 말했다.

"알겠어. 저기, 여보. 우리, 수술이 잘되면 최고의 고양이 통조림과 장난감을 선물하도록 하자. 그 돈은 치료비가 아니라, 건강해진 저 아이를 위해 쓰는 게 좋을 것 같아. 그럼 도시키도 아사요 씨도 괜찮지?"

도시키는 웃으며 끄덕였다. 아사요의 눈물샘은 이제 마구 이상해진 것 같았다. '건강해진 저 아이를 위해'라는 말만으로 터진 눈물이 멈추지 않았다. 히데미도 웃으면서 울고 있었다.

　십오 분 정도 있다가 두 사람이 돌아간 뒤부터 긴 대기 시간이
시작되었다. 왠지 몹시 목이 말랐다. 몇 시간은 지난 것 같은데,
벽에 걸린 하얀 문자판의 시계를 보니 아직 몇 분밖에 흐르지
않았다. 도시키는 비치된 정수기에 몇 번이나 왔다 갔다 했다.
아사요는 숄더백에서 수첩을 꺼내, 볼펜으로 이것저것 적었다.
한 장 찢더니, 꼬깃꼬깃 뭉쳐서 가방에 찔러 넣었다.
　"뭐 하는 거야?"
　아사요는 울음을 터트릴 것 같은 목소리로 말했다.
　"저 아이 이름을 생각하고 있어. 저 아이는 지금 미칠 듯이 괴
로운데도 죽을힘 다해 싸우고 있을 거잖아. 파이팅, 하고 응원해
주고 싶은데, 어떻게 불러야 좋을지 모르겠어. 우리 주위에 있는
것은 아무리 사소한 것이어도 이름이 있는데, 저 아이에게는 이
름도 없어. 태어난 지 한 달째인데 갖고 있는 것은 구멍 뚫린 심
장뿐이야. 그렇게 생각하니 미칠 것 같아서."
　아사요는 볼펜 끝으로 수첩을 콕콕 찔렀다. 소리가 새어 나오
지 않도록 참으며 어깨를 떨었다. 도시키가 옆에 와서 그 어깨를
꼭 안아주었다.
　"지금은 괜찮아. 저 녀석이 갖고 있는 것은 구멍 뚫린 심장만

이 아냐. 우리도 있고, 돌아갈 집도 있잖아. 이름 없는 고양이라 해도 소세키 같아서 나쁘지 않은걸(나쓰메 소세키의 소설《나는 고양이로소이다》의 첫 구절이 '나는 고양이다. 이름은 아직 없다'로 시작함―옮긴이). 녀석이 근성을 보여주어서 무사히 돌아오면 둘이서 머리 터지게 생각해서 좋은 이름 지어 주자."

목소리가 젖은 것 같아서 아사요는 살짝 도시키의 얼굴을 훔쳐보았다. 남자의 눈에는 눈물이 고여 있었지만, 흘러내리지는 않았다.

"나, 이번 일로 알게 된 게 있어. 이름이란 우리가 하는 것처럼 누구의 소유인지 표시만 하는 게 아니었어. 몇 번이고 마음속으로 불러보기도 하고 노래하듯이 되풀이하기도 하고, 아무한테도 보이지 않도록 쓰기도 해. 좋아하는 사람의 이름은 그것만으로 행복의 주문 같은 거였어. 난 아사요의 이름을 좋아해. 우리 집에 있는 참치 통조림이나 스파게티나 보이차에 쓰인 A도 아주 마음에 들어. 온 방에다 A라고 써 놓아도 좋을 만큼."

아사요는 눈물을 닦고, 장난스럽게 웃었다.

"그럼 새 텔레비전에도 A라고 써도 돼?"

도시키도 웃으며 끄덕였다.

"돼. 아직 할부금이 10개월 남았어. 써 주면 고맙지."

두 사람은 동시에 짧게 소리 내어 웃었다. 아사요는 오른손 검지로 도시키의 뺨에 A라고 쓰고, 주위에 간호사가 있는지 확인한 뒤, 그 이니셜이 언제까지고 지워지지 않도록 살짝 입술로 눌렀다.

두 시간 반에 걸친 수술이 끝났다. 수의사가 감정을 읽을 수 없는 얼굴로 스테인리스 문을 밀고 나왔다. 두 사람은 의자에서 일어섰다. 중년의 수의사가 입을 열었다.

"수술은 성공적입니다. 다음은 며칠 안에 합병증이 생길지 어떨지가 문제입니다. 그것만 극복하면, 그렇군요, 두 주 뒤에 퇴원할 수 있습니다."

두 사람의 목소리가 동시에 터졌다.

"선생님, 감사합니다."

그때 문이 열리고 이동 침대에 실린 새끼 고양이가 링거걸이와 함께 들어왔다. 가슴에서 배까지 털을 깎아서 한층 더 작아 보였다. 하지만 그 배는 호흡에 맞춰 기세 좋게 맥을 치고 있다. 지친 표정의 수의사가 말했다.

"아닙니다. 감사해야 하는 건 저희 쪽입니다. 그런 경우, 대부분의 분들은 안락사를 선택합니다. 심할 때는 애견 가게 점원이 그 자리에 교환할 아이를 데리고 오기도 하죠. 실례지만 저는 두 분도 분명 그러실 거라고 생각했습니다. 오늘 심장 수술은 현대

의 기술이라면 승산이 큰 수술이었습니다. 저 아이에게 살아갈
기회를 주셔서 감사합니다."

　그날 밤, 동물병원에서 돌아온 아사요와 도시키는 몇 번이고
축배를 들었다. T 맥주를 따고, A 와인을 땄다. 로크포르 치즈는
A, 냉동식품인 주먹밥 구이는 T였다. A의 쿠바 음악 CD를 T의
오디오에 틀어놓고, 둘은 거실 한복판에서 춤을 추었다.
　한바탕 난리가 끝나자 두 사람은 일에 착수했다. 팩스 용지를
조그맣게 자른 종이에 생각나는 대로 새끼 고양이의 이름을 적
어갔다. 200개 넘는 종잇조각이 한여름의 눈처럼 바닥을 메웠다.
　한밤중, 은색 새끼 고양이의 이름이 결정되었다. 취해서 지은
이름이라 그 아이에게 최고의 이름인지 어떤지는 모른다. 다만
그것은 처음으로 아사요와 도시키가 함께 생각하고 선택한 이
름이었다.
　두 주 뒤, 건강하게 새끼 고양이가 퇴원하는 날까지 그 이름은
두 사람만의 비밀이다.

누군가의 결혼식

결혼식이란 건 거의 예외 없이 지루하다. 나카다이 아유무는 테이블 세팅이 어마어마한 6인용 원탁을 바라보며 속으로 한숨을 쉬었다. 주위에 둘러앉은 사람들은 아유무가 다니는 식품 회사의 남자 영업 사원들로, 날마다 지겹도록 보는 얼굴이다.

신랑 측인지 신부 측인지 친척 인사가 늘어지게 이어졌다. 하객들은 지루한 듯이 대하 반 마리가 들어간 그라탱을 집적거리고 있다. 두 조각인가 먹자 건더기는 없어지고, 나머지는 화이트 소스뿐인 그라탱이었다. 대하가 들어갔다는 것을 증거로 남기려고 선택한 메뉴 같다. 하객은 총 80명 정도일까. 중간 크기의 호텔 홀은 한가운데 꽃을 장식한 테이블로 메워졌다. 둥근 천장과 부드러운 간접조명으로 실제보다 훨씬 넓게 느껴지는 홀이었다. 잘 꾸몄다.

"좋겠다, 우치야마 씨는."

아유무의 오른쪽 옆에 앉은 부하 직원 히로세가 대하를 입에 넣으며 말했다. 재색 트레이닝은 몸에 맞지 않아 헐렁헐렁했다. 이 덜렁이는 피로연이 시작되기 전에 촐랑거리다 인공 시냇물에 빠져 옷이 흠뻑 젖었다. 턱시도는 그의 인사 차례가 되기 전까지 말려서 다림질을 해다 주기로 했다. 일류 호텔은 덜렁이에게 친절했다. 아유무는 라이벌 회사의 맥주를 한 모금 마시고 말했다.

"그렇게 부럽냐? 입사 동기랑 애가 생겨서 하는 결혼이야. 앞으로 평생 그걸로 놀림받을걸."

히로세의 동그란 얼굴은 식전 샴페인으로 살짝 붉어졌다.

"나카다이 선배는 하여간 냉정하다니까요. 결혼 같은 건 안 해도 괜찮다고 생각하시죠? 초조해하실 나이가 아닌 건 알지만요. 유리코 씨는 생긴 것도 제법 귀엽고, 우리 회사는 출산휴가 제도가 확실하니 괜찮지 않아요?"

아유무는 서른두 살이었다. 남성 평균 초혼 연령을 약간 넘었다고 할까. 히로세는 아마 스물여섯 살일 것이다. 자신도 이십 대 중반에는 갑자기 결혼하고 싶은 욕구가 강했던 시기가 있었음을 떠올렸다.

"너 여자 친구는 잘 있냐?"

히로세에게는 대학 시절부터 사귀는 여성이 있다. 졸업한 지

사 년, 계속 사귀고 있다면 결혼이 가까울지도 모른다. 히로세는 생선용 스푼으로 화이트소스를 떴다.

"네, 지금은 적당히 놀면서 결혼 자금을 모으고 있어요. 알아 봤는데요, 이 호텔에서 이 정도의 하객을 부르면 250만에서 300만 엔은 들더군요."

그곳은 니시신주쿠에 있는 초고층 시티호텔이었다. 이름도 꽤 알려진 곳이다. 아유무는 고개를 가로저었다.

"흐음, 그렇게나 많이."

이 지루한 몇 시간을 위해 지불하는 액수에 새삼 놀랐다. 히로 세는 따뜻한 버터 롤을 찢어서 대하 껍데기에 찍었다.

"그럼 이런 건 아세요? 결혼 비용은 3분할이란 거요."

아유무는 농담으로 대답했다.

"지루함과 진부함과 눈물 짜기의 3분할이겠지."

히로세가 의기양양하게 말했다.

"아닙니다. 부모님 원조 3분의 1, 축의금 3분의 1, 당사자가 3분의 1. 총비용의 반은 식장에 드니까요, 며칠 사이에 600만 엔은 날아가네요."

아유무는 속으로 또 한숨을 쉬었다. 진부함을 그대로 따라 하 는 데도 대단한 노력이 필요하구나. 신경도 지갑도 도저히 지금 의 자신으로서는 견뎌낼 수 없을 것 같았다.

그때, 무대 옆에 서 있는 여성이 한 손으로 귀에 꽂은 이어폰을 눌렀다. 입가의 마이크에 대고 무언가 대답을 하고 끄덕였다. 검은색 타이트스커트 정장을 단정하게 입은 자그마한 몸집의 여성이었다. 윤기가 흐르는 머리칼을 뒤로 깔끔하게 묶었다. 나이는 이십 대 중반쯤일까. 가벼운 몸놀림으로 테이블 사이를 지나 이쪽으로 다가왔다. 아유무와 눈이 마주치자, 눈가는 긴장한 채 미소를 지으며 목례했다. 그녀는 히로세 옆에 멈춰 서더니 허리를 꺾고 말했다.

　"턱시도 손질이 다 되었다고 합니다. 히로세 님은 다다음 순서에 나가서 인사를 하셔야 하니, 먼저 옷을 갈아입으시겠습니까?"

　히로세는 고개를 끄덕이며 허둥지둥 자리에서 일어났다. 무릎에 펼쳐두었던 냅킨이 떨어졌다. 그녀는 다리를 모아 구부리더니 바닥에 떨어진 냅킨 끝을 집었다. 아유무는 탱탱한 타이트스커트 허리선과 매끄럽게 빛나는 스타킹에 싸인 동그란 무릎에 시선을 빼앗겼다.

　"이쪽으로 오세요."

　그녀의 안내로 히로세는 뒤쪽 문으로 향했다. 장미꽃이 새겨진 하얀 문은 유원지 놀이동산 입구 같았다. 아유무는 나가는 두 사람을 보면서 생각했다. 지금부터 남은 한 시간 반은 그리 지루하지 않게 보내겠구나. 천천히 눈으로 좇을 수 있는 대상을 발견했으니. 스포트라이트 속에서 얌전히 앉아 있는 신랑 신부도, 회사 동료도 이제 지긋지긋하기 짝이 없다.

이를테면 주유소에 붙어 있는 수영복 입은 여성의 포스터 같은 것이다. 아주 잠깐이나마 주의를 기울이게 해서 기분 전환을 하게 해 주는 매력적인 이성의 이미지. 여성은 멀리서 빙그레 웃기만 할 뿐, 남자들의 시선은 모두 포스터 종이의 얇은 피막에 튕겨난다.

하지만 아유무에게는 그것으로 충분했다. 이따금씩 흘끗 돌아보며 단조로운 피로연과 운전으로 지친 눈과 마음을 쉬게 한다. 포스터의 미녀와 사귈 마음이 없듯이 그녀에게 말을 걸 생각도 없었다.

그것이 처음으로 그녀를 의식했을 때 아유무가 생각했던 것이다. 솔로의 편안함이 몸에 밴 자신이, 그 후 삼십 분도 지나지 않아 행동을 일으키게 되리라곤 그때는 상상도 하지 못했다.

히로세의 인사는 나쁘지 않았다. 하긴 신랑 후배 네 명이 스탠드 마이크 앞에 나란히 서서 한마디씩 장점을 열거하는 것뿐이니, 실수를 하는 게 더 이상하다. 사람이 좋다, 책임감이 있다, 후배 사랑하는 마음이 깊다, 경비 영수증을 모으는 습관이 있으니 신부는 조심해라. 히로세는 폭소로 마지막을 장식한 뒤, 이렇게 덧붙였다.

"그럼 두 사람의 영원한 행복을 기원하며 노래 한 곡 선사하겠습니다. 오늘은 특별히 멀리 아프리카의 케냐에서 가수를 초대했습니다. 데이비드 웅데게첼로 씨를 큰 박수로 맞이해 주십시오!"

무대 옆문에서 탐탐이라는 북을 안고 키가 큰 흑인이 들어왔다. 뒤에는 유두만 가린 무대의상을 입은 흑인 댄서가 두 명 따라 들어왔다. 스피커에서는 스티비 원더의 「해피 버스데이」 반주가 흘러나왔다. 그날 처음으로 우렁찬 환호성이 터지자, 마이크 뒤의 네 명이 턱시도를 벗기 시작했다.

음식점을 상대로 무알코올 음료를 판매하는 영업2부 제1과의 젊은 사원 네 명은 바로 여성용 경영 수영복 차림이 되어 댄서와 함께 춤을 추기 시작했다. 그것은 아유무네 회사의 단골 레퍼토리로, 네 사람은 지금부터 네 종류의 수영법을 메들리로 흉내 내면서 넓은 회장을 한 바퀴 돌 것이다. 코에는 수중발레 선수들이 사용하는 코마개까지 끼고 있다.

아유무는 냅킨으로 입가를 닦고 자리에서 일어섰다. 화장실 다녀오기 딱 좋은 시간이었다. 케냐에서 온 가수는 굵은 목소리로 후렴구의 해피 버스데이 부분을 해피 웨딩으로 바꾸어 불렀다. 하객들의 손 박자는 계속 이어졌다. 홀을 나가려고 하는데, 하얀 양각 문 옆에 아까 그 여성이 서 있었다. 아유무는 자기도 모르게 말을 걸었다.

"미안합니다. 우리 회사, 좀 저질이어서."

머리를 뒤로 바짝 당겨 묶은 이마가 움직이고, 그녀는 가볍게 눈썹을 들었다.

"아닙니다, 예상은 하고 있어서요. 여흥으로 무엇을 하시겠습니까, 하고 여쭈었을 때, 으음, 하고 말씀을 흐리는 분들은 대부분 이런 분위기예요. 지난주 고객님처럼 알몸으로 하시지 않는 것만 해도 다행입니다."

그렇게 말하고 그녀는 이번에는 자신의 의사로 웃었다. 눈가에 가느다란 주름이 생겼다. 생각했던 것처럼 어리지는 않을지도 모른다. 가지런하고 자그마한 앞니를 보니, 아유무의 가슴이 쿵쾅거렸다. 느긋하게 아무런 저항감 없이 서른 고개를 넘긴 뒤, 그런 기분이 드는 것은 처음이었다.

그 사실을 의식하고 나니 더는 그녀와 말을 나눌 수가 없었다. 아유무는 오른손과 오른발을 동시에 움직이며 어색하게 복도 끝에 있는 호화로운 화장실로 갔다.

자리에 돌아온 히로세가 숨을 헉헉거리며 말을 걸어왔다.

"뭡니까, 선배님, 안 보셨습니까? 마지막에 버터플라이, 무지하게 반응 좋았는데."

아유무는 끄덕이고, 와인을 한 모금 마셨다. 히로세는 소리를 죽이고 말했다.

"그것보다 귀 좀 잠시만요. 저 건너편 벽에 서 있는 아가씨, 죽이지 않습니까?"

자기가 마음에 들어 했던 그 여성인가 하고, 아유무는 철렁했다. 히로세의 시선을 따라가 보았다. 그 여성은 벽에서 떠나, 근처 테이블의 접시를 치웠다. 검은 원피스에 하얀 앞치마 차림이었다. 가슴이 팽팽하고 체격이 당당한 여성이었다.

"스타일 멋지네. 여자 친구한테 괜찮아?"

히로세는 레드와인 잔을 비우고, 웨이트리스를 향해 손을 들었다.

"비밀, 비밀. 뭐, 어때요. 사 년이나 사귀고 보면 다른 꽃이 더 예뻐 보이는 법입니다요."

웨이트리스가 다가오자, 히로세는 빈 병을 기울여 보였다.

"와인이 맛있네요. 같은 걸로 한 병 더. 그런데 오늘은 몇 시에 끝나세요?"

히로세의 유혹은 전혀 장난기 없이 진지했다. 웨이트리스는 난감한 표정으로 웃었다.

"아까 그 가수가 나오는 케냐 요리 레스토랑이 있는데 제 단골이거든요. 아주 맵지만 맛있는 고추 수프가 명물이죠. 재미있는 가게인데요, 괜찮으면 친구들도 불러서 우리 회사 동료들하고 미팅하지 않을래요? 쏠게요."

웨이트리스의 표정이 풀어지는 것을 아유무도 느꼈다. 라이브 밴드가 있는 아프리카 음식점에서 미팅이라는 것이 효과가 있었을지도 모른다. 히로세는 안주머니에서 명함 지갑을 꺼내, 한 장 빼내려고 했다. 웨이트리스는 그리 싫지 않은 듯이 고개를 갸웃거렸다. 그때 아까 그 머리 묶은 여성이 테이블 옆에 갑자기 나타났다. 웨이트리스에게 부드럽게 말을 걸었다.

"호리이케 씨, 거베라 테이블의 손님이 부르세요. 여긴 내가 말씀을 들어드릴 테니 얼른 가 보세요."

웨이트리스는 유감스러운 듯이 빠른 걸음으로 그 자리를 떠났다. 히로세는 명함 지갑을 들고 어쩔 줄 몰라 했다. 아유무는 우스워서 미칠 것 같았다. 그녀가 빙그레 웃으며 말했다.

"새 와인 말고 더 필요한 것이 있으십니까?"

아유무와 시선이 마주쳤다. 그녀는 서로 철없는 부하를 데리고 있는 공범자의 미소로 바라보았다. 히로세는 입속말로 뭐라고 중얼거렸지만, 아유무가 또렷하게 말했다.

"아뇨, 아무것도."

그녀의 야무진 뒷모습을 지켜보며 아유무는 결심했다. 일도 잘하고 느낌이 좋은 사람이다. 대단한 미인은 아니지만, 야무진 얼굴은 아유무가 좋아하는 스타일이다. 그녀에게는 이미 정해진 상대가 있을 가능성이 높지만, 밑져야 본전이다.

아유무는 자신의 명함을 꺼내 뒷면에다 휴대전화 번호와 실례가 아니라면 전화주십시오, 하고 한 줄 적어 넣었다. 화가 나서 와인을 거푸 마시는 히로세를 내버려 두고 테이블에서 일어났다. 신부 친구가 미샤의 「Everything」을 열창하는 가운데, 홀 뒤쪽의 문으로 향했다. 그녀는 또 거기서 입가의 마이크에 대고 무언가 지시를 내리는 것 같았다. 아유무가 다가오는 걸 발견하고 꾸벅 인사를 했다.

"아까는 실례했습니다. 스태프가 손님과 길게 얘기를 나누면, 나이 드신 여성 손님의 항의가 들어오는 일이 있어서요. 저기 ...."

"교태를 부린다고요?"

그녀의 표정이 환하게 밝아졌다.

"네, 그런 겁니다."

"저야말로 부하 녀석이 업무 중에 미팅을 신청해서 죄송했습니다."

"아닙니다. 흔히 있는 일인걸요."

아유무는 용기 내어 명함을 내밀었다. 그녀가 놀란 얼굴로 보았다.

"부하 녀석이 한 짓을 사과해 놓고 이러는 건 좀 그렇습니다만, 받아 주시겠습니까. 민폐라면 찢어 버려도 괜찮습니다. 그저 두 번 다시 만나지 못한다고 생각하니 너무 아쉬워서."

그녀는 얼른 피로연장을 둘러본 뒤, 아무 말도 하지 않고 아유무의 명함을 손가락 끝으로 집어 가슴 주머니에 넣었다. 희미하고 차갑게 웃는 표정에 변화는 없었다. 아유무는 머리를 식히기 위해 바깥 공기를 쐬고 싶었다. 그녀는 가볍게 머리를 숙이고 하얀 문을 열어, 아유무가 홀을 나갈 때까지 문을 잡아주었다.

그날은 피로연이 끝날 때까지, 그녀는 두 번 다시 아유무와 시선을 마주치지 않았다.

아유무의 휴대전화가 울린 것은 나흘 뒤인 목요일 점심시간이었다. 회사 근처 식당에서 돌아오는 길이었다. 가을 들어 처음 먹은 꽁치소금구이에 만족한 아유무의 목소리는 밝았다.

"네, 나카다이입니다."

머뭇거리는 목소리가 휴대전화의 잡음과 함께 흘러나왔다.

"저기, 저는, 소메야 유키라고 하는데요. 피로연에서 명함을 ……."

아유무는 길거리에서 자기도 모르게 소리를 지르고 말았다. 전화가 오지 않을 거라고 포기하고 있었던 것이다.

"물론 기억하고말고요. 소메야 씨라고 하는군요. 전화 고맙습니다."

아직 늦더위가 매서운 9월의 햇볕을 피해서 근처 빌딩 그늘로 들어갔다. 그늘로 들어가자 시원한 바람이 기분 좋았다. 그토록 무더웠던 여름도 이제 가을에 주인공 자리를 물려주었다. 이 시원함은 자신이 서른둘이 된 것과 마찬가지로, 선뜻 믿을 수 없는 일이었다. 유키의 목소리는 들떠 있었다.

"아뇨, 저야말로 감사드려요. 그런 식으로 연락처를 받는 일은 요즘 좀처럼 없어서 깜짝 놀랐지만, 좀 기뻤어요."

그녀가 전화를 걸어 주었으니, 데이트 신청을 하는 것은 자신의 차례다. 아유무는 과감하게 말했다.

"다음 휴일에 식사라도 하지 않겠습니까?"

유키는 곤란한 듯이 말했다.

"봄가을 결혼 시즌에는 주말에 휴일이 없어서요. 갑작스럽지만, 내일은 쉴 수 있는데."

아유무는 머릿속으로 바로 다음 날 스케줄을 체크했다. 아카사카의 계열 점에 얼굴만 비치면 이른 시간에 퇴근할 수 있을지도 모른다. 시간이 비교적 자유로운 것이 영업직의 몇 안 되는 장점이다.

"알겠습니다. 내일 여섯 시 괜찮습니까?"

"네."

장소는 처음에 둘이 만난 니시신주쿠로 정했다. 만일을 위해 번호를 묻자, 유키는 스스럼없이 가르쳐 주었다. 아유무는 통화를 끊고, 바로 그 자리에서 휴대전화에 등록했다.

고작 저장 전화번호가 한 개 늘었을 뿐인데 이렇게 기쁘다니, 내가 미친 거 아닐까. 아유무는 애써 냉정을 찾으며 생각했지만, 점심시간을 마치고 회사로 돌아가는 발걸음이 가벼워지는 것은 어쩔 수 없었다.

유키는 베이지색 정장 차림으로 기다리고 있었다. 결혼식장에서 본 검은색 옷과 색깔만 달라 보이는 고상한 옷이었다. 대리석 바닥에 층수별로 열두 개의 문이 나란히 있는 넓디넓은 엘리베이터 홀이었다. 아유무는 그 시티호텔과는 다른 초고층 빌딩을 데이트 장소로 선택했다. 유키는 피로연 때와 다름없이 반듯한 자세였다.

"많이 기다렸어요?"

유키는 웃으며 고개를 가로저었다. 풀어 내린 머리칼 끝이 부드럽게 흔들렸다. 아유무는 완전히 긴장했지만, 상대도 긴장했는지 어쨌는지는 알 수 없었다. 최상층 전망대 식당가로 올라가는 엘리베이터에 올라탔다. 52층까지 올라가는 데는 겨우 몇십 초밖에 걸리지 않았지만, 그동안에 두 번이나 침을 삼켰다. 두 사람만의 상자 속에서 아유무는 낮은 목소리로 말했다.

"지금 가는 곳은 친구가 일하는 일식집인데, 꽤 맛있어요. 나이 탓인지 요즘 기름기 있는 것이 싫더군요."

유키는 어지럽게 움직이는 층수 표시를 올려다보고 있었다.

"나카다이 씨는 몇 살이세요?"

아유무는 솔직하게 대답했다.

"벌써 서른둘입니다. 애들이 보기엔 아저씨일지도 모르겠네요."

"아, 다행이다. 저도 올해 서른이 됐어요. 사실은 나카다이 씨가 연하라면 싫은데 어쩌지, 걱정하고 있었어요."

엘리베이터 문이 열리자, 정면에 니시신주쿠의 저녁 풍경이 펼쳐졌다. 신도심은 저물어 가는 하늘에 떠오른 기세 좋은 공중 도시 같았다. 석양이 멀리 발치로 저물어 갔다. 불빛이 켜지기 시작한 거리를 한쪽으로 거느리며, 아유무는 음식점으로 안내했다.

예약해 놓은 일식집에서 안내 받은 곳은 특별한 룸이었다. 6조 다다미에 도코노마(다다미방의 상좌에 바닥을 한층 높게 만든 곳. 족

자나 꽃으로 장식한다—옮긴이)가 있는 그리 넓지 않은 방이었지
만, 깨끗한 장지문을 열자 눈 아래는 눈부신 신주쿠의 야경이 펼
쳐졌다. 두 사람이 자리에 앉자 전채, 생선회, 특별 안주 등, 다양
한 요리가 느긋하게 시간을 두고 나왔다. 유키는 맥주를 한 병
비우고 나더니, 청주를 물처럼 마셨다. 식사를 반쯤 마쳤을 즈음
에야 아유무도 겨우 긴장이 풀리기 시작했다.

"전화가 와서 정말 깜짝 놀랐습니다. 소메야 씨라면 분명 남자
친구가 있을 거라고 생각했거든요."

유키는 이제 업무용 미소를 짓지 않았다. 유리잔을 비우더니
시원스럽게 말했다.

"웨딩플래너는 남의 행복을 위해서만 하는 일이에요. 아직 저
는 혼자 디렉터를 할 정도는 아니지만."

별로 대답할 필요는 없는 것 같았다. 아유무는 묵묵히 잔을 채
워 주었다.

"고맙습니다. 그곳에서 일하는 여자들은 대부분 남자 친구가
없어요. 주말에도 쉬지 못하고, 봄가을 결혼하기 좋은 계절에는
휴일도 거의 없죠. 남자를 만날 기회도 없는데, 홀에서 남자 손
님과 이야기하는 것도 금지되어 있어요."

결혼식에 관심이 없는 아유무에게는 웨딩플래너에 관한 지식
이 거의 없었다.

"저기, 항상 검은색 옷만 입어야 되는 건가요?"

유키는 손목을 꺾더니 바로 잔을 비웠다.

"네. 봄여름에는 무릎 길이의 스커트, 가을겨울에는 바지. 그런데 색은 무조건 검은색으로 정해졌어요. 피로연 주인공은 신랑 신부이니 스태프가 두드러지면 안 되거든요."

아유무는 어딘가 잡지에서 본 얘기를 떠올렸다.

"그렇지만 요즘 젊은 여성 사이에 인기 있는 직업이죠?"

유키는 잔을 내려놓더니 두 손을 무릎 위에 올리고 자세를 바로 했다.

"저도 이 세계를 동경해서 들어왔어요. 전문대학을 나와서 중견 상사에 취직했지만, 사무직 일이 재미가 없더군요. 영업 보조직이었는데 동기 여자아이들은 제대로 하면 두세 시간에 끝내는 일을 저는 세월없이 하고 있는 거예요. 좀 더 다른 일을 하고 싶다고 상사에게 말해도 그 회사에서는 일반직 여성에게 중요한 일을 맡기지 않았어요. 나를 좀 더 살릴 수 있는 일을 하고 싶었는데."

아유무도 나가오카산 다이긴조라는 냉주를 마셨다. 과실주 같은 상큼한 향을 남기고 목으로 미끄러져 내려갔다. 아유무 자신도 그 일원으로 일하고 있어서, 아직 이 나라의 회사는 남자 중심 세계란 걸 느끼고 있었다.

"그래서 전직했군요."

"네. 전직은 성공이었어요. 웨딩플래너는 감각과 마음 씀씀이가 아주 중요하고, 또 높이 평가받는 일이거든요. 지금도 내가 맡은 결혼식의 신랑 신부를 보고 있으면 뿌듯해서 눈물이 나요. 그럴 때는 좀 돌아오긴 했지만 이 일을 하길 정말 잘했다는 생각이 들죠."

자신이 꿈꾸던 일을 한다는 것. 식품 회사의 평범한 영업 사원인 아유무는 그것이 어떤 생활인지 모른다. 대학 시절, 장래 무엇을 하고 싶다는 꿈을 꾸어본 적이 있었던가. 그냥 아무 회사에나 들어가 무난하게 일생을 보내면 그걸로 충분하다고 생각했을지도 모른다. 유키는 자조하듯이 웃으며, 빈 잔의 바닥을 보고 있었다.

"그런데 이 일의 단점도 이것저것 보이기 시작했어요. 업무적인 건 아니지만."

"들어 줄게요. 얘기해 봐요."

아유무는 자신의 목소리가 너무 다정해서 놀랐다. 유키도 놀라서 눈을 들어 아유무를 바라보았다.

"나카다이 씨, 참 좋은 분이네요. 그럼 전부 얘기해도 될까요?"

아유무가 끄덕이자 유키는 말을 계속했다.

"웨딩플래너도 전문학교가 있어요. 그곳에서 공부한 뒤 호텔이나 예식장에 취직하죠. 플로어 담당으로 쫓아다니며 사오 년. 현장 일을 숙지하고 나면, 그제야 플래너 일을 맡게 돼요. 그래서 대체로 디렉터가 되어 결혼식을 통솔할 무렵에는 서른 살이 넘죠. 존경하는 선배가 몇 명 있지만, 대부분 독신이고 남자 친구도 없어요. 머리는 점점 바싹 묶게 되고, 화장은 점점 완벽해지고, 바지통과 길이가 미묘하게 다른 검은 정장만 늘어나요. 누군가의 결혼식을 성공시키기 위해 석 달 전부터 준비를 하지만, 자신의 행복에 사용하는 시간은 전혀 없어요. 일은 점점 잘하지만, 얼굴은 갈수록 여학교의 교장 선생님처럼 표독해져요. 웨딩플래너 일을 정말 좋아하지만, 그런 식으로는 되고 싶지 않아요. 그렇지만 나도 이대로 가면 저렇게 시들어 버리겠지, 생각하면 무서워요."

아참, 하더니 유키는 가방에서 무언가를 꺼내 아유무 앞에 놓았다.

"이거, 히로세 씨가 말 걸었던 아가씨 명함이에요. 제게 받은 건 비밀로 하고, 연락하라고 전해 주세요. 분명 다들 미팅하고 싶어 할 거예요. 남자 친구 없는 아이들이 많으니까요."

아유무로서는 상상도 할 수 없는 세계였다. 모든 것이 비현실적일 만큼 아름답게 정돈된 결혼식장에서 일하는 여성들. 민첩하게 움직이고, 지나치지 않은 미소로 식의 흐름을 조절하는 검은 옷의 스태프에게 그런 애로 사항이 있다니. 유키는 한숨을 쉬고 말했다.

"그렇지만 배부르고 시시한 고민일지도 모르겠어요. 우리나라는 십 년 이상 불경기이고, 세계 여기저기에서는 테러가 일어나는 데 비하면."

누군가가 곤란해하는 일을 함께 곤란해하고 싶어지는 것. 그만큼 상대가 마음에 들어서일까. 아유무는 유리창 너머 니시신주쿠의 야경을 보면서 말했다.

"그렇지 않아요. 불경기나 국제 분쟁 쪽이 더 시시한 문제죠. 제각기 작은 행복을 찾아가는 것으로 이 세계는 유지되어 왔어요. 바깥세상이 어떻게 돌아가든 소메야 씨는 좋은 결혼식을 기획하고, 남는 시간에 좋은 남자와 놀면 되지 않아요?"

"와우, 그렇게 말해 주니 정말 기쁘네요."

유키는 꽤 취한 것 같았다. 아유무의 잔을 채워 주더니 자기 잔도 찰랑찰랑하게 채우고, 힘차게 건배했다. 그것은 호텔 피로연에서 보았던 것과는 대조적으로 풀어진 모습이었다. 아유무는 부하에게 주의를 주는 엄격한 유키도, 청주를 흘리면서 잔을 비우는 유키도 모두 매력적이라고 생각했다.

2차를 가기 전에 두 사람은 바깥 공기를 쐬기로 했다. 니시신주쿠는 차도도 인도도 넓고 의외로 나무도 많았다. 고층 기념물이 즐비한 거대한 기념 공원이라도 산책하는 것 같았다. 빌딩 바람이 아유무와 유키 사이를 시원하게 지나갔다. 두 사람은 아직 어깨를 감싸지도 않았고, 손을 잡지도 않았다. 그저 상대의 걸음에 맞춰 어깨를 나란히 하고 있을 뿐이다. 올려다보니 어느 방향에나 창에 벌레를 부르는 불이 켜진 빌딩이 솟아 있었다. 유키는 육교 난간에 기대어 밤바람을 맞았다.

"이렇게 있으니 기분 좋네요. 내일부터 또 열심히 일할 수 있을 것 같아요."

아유무는 바람에 드러난 유키의 이마를 보았다. 야경을 등지고 그곳만 부옇게 빛나는 것 같았다.

"난 결혼식이 싫었어요."

유키는 놀란 얼굴로 돌아보았다. 아유무는 아래 도로에 시선을 떨어뜨렸다.

"오 년 전에 결혼식을 올릴 뻔한 적이 있어요."

유키는 잠시 침묵한 뒤 입을 열었다.

"그런데 못 올렸군요."

아유무는 아무렇지 않게 말했다.

"네. 결혼식 두 주 전에 여자가 도망가 버렸어요. 다른 남자가 있었나 봐요. 지금은 그놈과 결혼해서 행복하게 잘 살고 있죠. 식장 취소하랴, 사과문 보내랴, 정말 난리도 아니었답니다. 소메야 씨 얘기를 듣기 전까지 결혼식이란 건 눈물과 웃음을 실어 놓은 컨베이어벨트라고 생각했는데 말이죠. 두 시간 남짓한 시간 동안 세월없이 식사를 하는 사이에 즉석 부부 한 쌍 완성, 그런 식으로."

유키는 걱정스럽게 아유무를 보고 있었다.

"그런 면이 있긴 하죠."

아유무가 얼굴을 들고 말했다.

"그렇지만 그런 의식 속에 많은 사람의 마음이 담겨 있다는 걸 알았어요. 경비를 몇백만 엔씩 들이는 거나 히로세 같은 녀석들이 여자 수영복 입고 춤추는 건 제발 좀, 싶은 마음이지만."

유키가 쿡쿡 웃더니, 다시 걱정스러운 표정으로 돌아갔다.

"나카다이 씨는 아직도 그분을 좋아하는 건 아니죠?"

아유무는 웃는 얼굴로 유키를 보았다.

"한동안은 잊지 못해서 거의 정신 나간 놈처럼 살았지만, 이제 괜찮아요. 생각도 안 나요. 얼굴도 기억나지 않아요."

유키는 조그맣게 중얼거렸다.

"다행이다."

변덕스러운 빌딩 바람이 갑자기 세게 불어서 두 사람의 머리를 헝클어 놓았다. 아유무가 소리를 높여 말했다.

"저기, 괜찮다면, 또 만나주지 않겠어요? 일하면서 힘든 것이든 남자가 없는 외로움이든 뭐든 들어 줄게요."

유키는 날리는 머리칼을 잡고 있었다. 앞머리에 가려 눈동자의 움직임은 보이지 않았다.

"언제나 해 진 뒤가 아니면 만나지 못하는데 괜찮으세요?"

아유무는 끄덕였다.

"그럼요, 괜찮고말고요."

"주말에도 같이 못 있는데요 ……."

"주말에 혼자 시내를 걷는 데 익숙해요. 영화관에 혼자 가는 걸 좋아할 정도인걸요."

유키는 난간에서 몸을 떼고, 아유무 정면에 섰다. 여전히 바른 자세였다. 정중하게 머리를 숙이더니 눈부신 밤의 빌딩을 뒤로 하고 말했다.

"고맙습니다. 저야말로 잘 부탁합니다."

아유무도 얼른 머리를 숙였다.

"제 쪽이야말로 잘 부탁합니다."

유키는 몇 걸음 다가와 두 사람의 거리를 좁히고, 어깨가 서로 닿는 위치에 섰다. 손가락 끝만 잡더니 말했다.

"근데 참 신기해요. 누군가의 행복을 위해서 일하려면 내 행복

은 희생해야만 하는구나, 하고 얼마 전 생일날 밤, 반쯤 포기했
거든요. 그런 생각을 하자마자 이렇게 기회가 오다니."

아유무가 소리 내어 웃었다.

"내가 절호의 기회인지 어떤지는 아직 모르잖아요. 꽝이라고
쓰인 뽑기일지도 모르고. 코를 엄청 골지도 모르고, 발 냄새가
날지도 모르고."

유키는 아유무의 얼굴을 올려다보았다.

"그런 일은 없겠지만, 그렇다면 같이 코를 골면 되죠. 발은 걱
정 없어요. 하루 종일 서 있어서 저도 늘 부어 있으니까."

아유무가 손가락 끝에 살짝 힘을 주자, 유키도 같이 잡아 주었
다. 유키가 아유무의 어깨에 머리를 기대며 말했다.

"슬슬 2차 가요. 아직도 한참 술이 부족해요."

"술이 세군요."

"늘 혼자 마시니까 점점 그렇게 돼 버렸어요. 술이 센 여자 싫
으세요?"

취한 탓인지 유키는 대놓고 직접적으로 물었다.

"싫지 않지만, 오늘은 바래다주어야 하니 난 좀 자제할게요."

"아싸, 신난다. 오늘 밤에는 죽도록 마셔야지."

유키가 아유무의 손을 잡고 걷기 시작했다. 신주쿠의 밤하늘
에 별은 전혀 보이지 않았다. 별들은 모두 지상에 내려와 어딘가

의 고층 빌딩에 달라붙어 버린 것 같았다. 두 사람은 2차를 향해 밝은 빌딩 숲 사이를 비틀거리면서 걸어갔다.

11월의 꽃봉오리

가게 밖에 크고 작은 핼러윈 호박을 세 개 정도 내놓는 정도로 가을 디스플레이를 마쳤다. 붙박이창 오른쪽에 노란 호박, 한복판에 유리 자동문이 있고, 왼쪽에는 키가 큰 관엽식물을 진열해놓았다. 가게 앞 가장 볕이 잘 드는 곳에는 한 아름이나 되는 작살나무가 도자기 화대 위에서 보라색 열매가 달린 가지를 풍성하게 늘어뜨리고 있다.

나카니와 하나에는 길에 서서 디스플레이를 확인하고, 앞치마 옆에 매단 핸드타월로 손을 닦았다. 별로 지저분하지는 않았지만, 꽃집에서 일을 시작한 뒤 손을 자주 닦는 것이 습관이 되었다. 언제 손님에게 주문이 올지 모른다. 하나에는 흙먼지 묻은 손으로 꽃을 만지는 것이 싫었고, 그 손을 손님에게 보이고 싶지 않았다. 그러잖아도 꽃집 일은 손이 거칠어진다.

"하나에 씨, 과연 미대 출신이네요. 감각이 좋으세요."

가게에서 나온 요코타 미사토가 디스플레이를 둘러보고 그렇게 말했다. 미사토는 체인점인 이 꽃집의 정사원이지만, 자기보다 나이가 위인 파트타이머 하나에를 잘 따랐다. 꽃집은 기치조지 역 북쪽 출구를 나와서 왼쪽으로 100미터쯤 걸어간 상점가에 있었다. 입점 가게가 대부분 패션 관련인 다목적 빌딩의 1층이었다. 가게 앞 보도와 벽은 가게 부담으로 벽돌로 꾸며 놓았다. 칙칙한 붉은색 벽돌에 관엽식물의 초록이 잘 어울렸다. 몸집이 자그마한 미사토가 올려다보며 빙그레 웃었다.

"오늘도 올까요, 그 사람?"

그렇다, 오늘은 토요일이다. 하나에는 관심 없는 듯이 말했다.

"그러게요."

"안 돼요. 하나에 씨는 아직 젊잖아요. 게다가 아저씨 때문에 속도 많이 썩고. 가끔은 숨통 트일 모험도 해야죠. 세리자와 씨, 꽤 괜찮은 남자 같던데."

그렇게 말하는 미사토는 이 가게에 오기 전에 있었던 고엔 지점 점장과 지금도 은밀히 사귀고 있다고 한다. 그 남자는 서른다섯 살로 초등학교 2학년인 아들과 태어난 지 얼마 안 된 딸이 있는 신통찮은 남자다. 아내와는 최근 몇 년이나 섹스리스였는데 아이가 생겼다는 말을 듣고 미사토는 술에 취해 하나에에게 하소연했다. 하나에는 이십 대인 독신 여성에게 말했다.

"미사토 씨가 사귀어 봐. 나이도 맞고, 서로 독신이잖아. 아, 근데 그 사람, 여자 친구 있어."

미사토는 조그맣게 고개를 가로저었다.

"모르시네요. 세리자와 씨, 요전에 왔을 때 하나에 씨가 없으니까 서점에서 시간을 때우다가 다시 왔다니까요. 여자 친구가 있는지는 모르겠지만, 하나에 씨를 좋아하는 건 틀림없어요. 나한테는 꽃다발 한 번 주문하지 않았는걸요."

세리자와 마사토는 보험 회사에 다니는 샐러리맨이다. 하나에와 마찬가지로 키가 크고 말랐다. 언제나 토요일이면 고급스러운 캐주얼 차림으로 찾아온다. 데이트 때마다 꽃을 사다니 입에 발린 소리 잘하는 이탈리아 남자 같지만, 가벼운 분위기는 아니었다. 나이에 비해서 차분하고 단정한 인상으로, 어딘가 대학 연구실에 있는 대학원생 같다. 나이는 아마 스물일곱, 하나에보다 일곱 살 연하인 여자 친구가 있다. 그 여자 친구와 잘 지내는 것 같았다. 모든 것은 이 반년 남짓한 동안, 매주 세리자와가 주문한 꽃다발을 만들며 짧은 시간에 들은 얘기다.

하나에는 남편 나오키와 세리자와를 비교해 보았다. 나란히 걸으면 하나에와 키 차이가 별로 나지 않는 남편보다 세리자와 쪽이 더 잘 어울릴지도 모른다. 둘이서 좀 멋을 내고 호텔 쇼핑몰 같은 데를 걷는다면 어떨까. 남편과는 아이가 태어난 뒤 화려

한 곳에 가 본 적이 거의 없다. 앞으로도 기대하기 어렵다. 남편
은 웹디자이너로 독립한 지난 이 년 동안, 거의 쉬지 않고 일만
해 왔다. 육아도 조금은 도와주지만, 아내보다 이제 궤도에 오른
일에만 빠져 있다.

　보도를 건너온 바람이 갑자기 차가워진 것 같아서 하나에는
유리 벽의 가게 안으로 들어갔다.

　어깨에 멘 펌프를 몇 번이나 눌러가며 관엽식물에 물을 뿌렸
다. 요령은 잎 뒤쪽부터 아주 조금만 뿌려줄 것. 흠뻑 젖게 하면
안 된다. 촉촉할 정도의 수분만 공급하여, 잎 뒷면의 호흡 작용
을 높여 주어야 한다.

　하나에가 오거스타와 안스리움 사이를 걸으면서 물을 주고 있
는데, 모터가 울리며 자동문이 열렸다.

　"안녕하세요."

　세리자와가 무테안경을 낀 얼굴로 나타났다. 계산대에 있던
미사토가 일부러 소리 내어 말했다.

　"하나에 씨, 손님, 부탁할게요~."

　하나에는 어깨에서 펌프를 내리고, 얼른 손을 닦았다. 냉장 진
열장을 등지고 싱글벙글 웃고 있는 세리자와에게 다가갔다. 순
정만화의 주인공 배경에 꽃이 날리는 그림이 많은데, 아마 이게

그런 느낌일지도 모른다. 세리자와의 웃는 얼굴 바로 뒤쪽에는 최근 인기인 송이가 작은 백장미 꽃봉오리가 무수히 벌어져 있었다. 하나에는 자신도 놀랄 정도로 상냥하게 말했다.

"어서 오세요, 세리자와 씨. 오늘은 어떤 걸로 하시겠어요?"

세리자와는 당황한 듯이 하나에에게서 시선을 돌리고, 냉장 진열장 안을 보았다.

"언제나처럼 하나에 씨한테 맡기겠습니다. 그런데 아, 그렇지. 너무 크지 않도록 줄기를 짧게 해서 작은 꽃다발로 만들어 주겠어요? 전부 3,000엔 정도로."

"알겠습니다."

하나에가 끄덕이자 세리자와는 진열장을 떠나, 가게 안쪽에 있는 응접용 소파로 갔다. 하나에는 유리문을 열고 좀 전의 백장미를 골랐다. 잠시 생각한 뒤, 연한 오렌지색의 중간 크기 장미도 세 송이쯤 뽑았다. 하나에는 많은 종류의 꽃을 섞는 걸 좋아하지 않았다. 장미 꽃다발에 자주 쓰이는 안개꽃조차 필요 없다고 생각할 정도였다.

꽃을 들고 포장 카운터로 이동했다. 정면 소파에는 세리자와가 다리를 꼬고 앉아 있다. 2미터 정도 떨어졌을까. 작은 소리여도 들리지만, 손을 뻗어도 닿지 않는다. 그것은 두 사람이 안심하고 이야기할 수 있는 딱 좋은 거리였다.

물에 담가서 과감하게 줄기를 자르고, 부케 크기의 작은 꽃다발을 만들었다. 사방으로 스프레이처럼 핀 백장미 속에 연한 오렌지색 장미를 숨기듯이 장식했다. 하나에는 손을 쉬지 않고 말했다.

"여자 친구하고는 잘돼 가요?"

하나에는 자신이 꽃에 집중하고 있는 동안, 세리자와가 물끄러미 자신을 보고 있다는 사실을 알고 있다. 세리자와가 심드렁하게 말했다.

"글쎄요. 그냥 타성에 젖어서 만나는 것 같습니다. 대학 시절부터 사귀었으니 꽤 오래됐거든요. 그보다 하나에 씨는 어떠세요? 에이고는 잘 놀죠?"

에이고는 다섯 살 난 아들이다. 지금쯤 보육원 모래밭에서 모래투성이가 되어 놀고 있을 것이다. 하나에는 한숨이 나올 뻔했다.

"좀 덜 놀면 좋을 텐데 말이죠. 세리자와 씨 여자 친구는 참 행복하겠어요. 매주 꽃을 선물해 주는 사람, 일본 남자 중에는 좀처럼 없는데."

"그래요?"

하나에는 하얀색 포장지에 연한 오렌지색 리본을 골랐다. 슬쩍 시선을 들어 세리자와에게 배색을 확인했다. 세리자와는 수줍은 듯이 끄덕였다. 하나에가 말했다.

"난 마지막으로 꽃을 받아본 게 언제인지 기억도 안 나요. 남편은 결혼기념일도 내 생일도 예사로 잊어버리는 사람이라."

"네에? 그런 실례를 하다니."

살짝 버럭 하는 세리자와의 말투가 재미있었다. 하나에는 리본을 묶으면서 쿡쿡 웃었다. 그래, 남편은 실례나 하는 사람이야. 시선을 들자 세리자와도 이쪽을 보고 웃고 있었다. 사귀는 것도 아니고, 서로 좋아하는 것을 확인한 것도 아니다. 그저 한 주에 한 번, 혹은 두 주에 한 번, 가게에서 짧은 대화를 나누는 것이 하나에에게는 가슴 설레는 시간이었다. 하나에는 세리자와도 자신과 같은 느낌이란 것을 알고 있다. 그리고 서로 그 사실을 알면서 이 관계라고도 할 수 없는 아련한 연결을 소중하게 생각하고 있는 것도.

"다 됐습니다. 여기요."

세리자와가 소파에서 일어나 카운터로 왔다. 자그마한 꽃다발을 들고 몇 번이나 각도를 바꾸며 바라보았다.

"정말 좋네요. 하나에 씨처럼 청초하고 우아해요."

자신이 만든 꽃다발을 칭찬받는 것은 자신이 예쁘다는 말을 듣는 것보다 기쁜 일이었다. 이 사람은 그걸 무리 없이 할 줄 아는 사람이다. 마음이 살랑 흔들렸지만, 하나에는 꽃집 점원으로 돌아갔다.

"실제 볼륨 이상으로 화려하게 보이려고 하지만 않으면, 꽃은 모두 예뻐요. 소비세 포함해서 3,150엔입니다. 늘 감사합니다."

하나에는 잔돈과 영수증을 건네고 세리자와를 배웅했다. 세리자와는 꽃다발을 아무렇게나 든 채, 한번 돌아보지도 않고 벽돌이 깔린 보도를 걸어갔다. 배려해 주느라 자리를 비웠던 미사토가 얼른 카운터로 돌아와 턱을 괸다.

"역시 꽃다발 든 모습이 어울리는 남자란 참 멋있네요."

그러게, 하나에는 그렇게 말하고 관엽식물 코너로 돌아갔다. 펌프를 다시 어깨에 메고 얇은 초록색 잎 뒷면을 촉촉하게 적셔 준다. 멍하니 물을 주면서 떠올린 것은 7개월 전, 세리자와가 처음으로 이 가게에 왔을 때의 기억이었다.

3월 중순쯤의 일이다. 가게 앞에 아이리스와 아네모네가 풍성했을 때이니 틀림없다. 하나에는 계절을 꽃 종류로 기억할 때가 많다. 오늘 같은 토요일 초저녁, 새 청바지에 모래색 반코트를 걸친 남자가 황급히 가게에 들어왔다. 잠시 가게를 둘러보더니 냉장 진열장 앞에 멈춰 섰다. 귀가 준비를 하려던 하나에에게 그 남자는 절박한 어조로 말을 걸어왔다.

"저기, 시간이 없는데 꽃다발 하나 바로 만들 수 있을까요?"

하나에는 기세에 눌려 얼떨결에 대답했다.

"네. 주문하시면 오 분 안에 만들어 드리겠습니다."

그렇습니까, 하고 남자는 꽃 진열장을 노려보았다. 하나에 쪽은 보지 않고 남자가 작은 소리로 말했다.

"여자 친구 생일인데요. 어떤 장미든 좋으니까 스물일곱 송이로 꽃다발을 만들어 주세요."

어딘가 화난 듯한 말투가 이상했다. 생일 선물을 산다면 누구라도 즐거운 기분일 텐데. 하물며 상대가 여자 친구다. 하나에는 스물일곱 살이라는 나이를 생각해서 갈색이 도는 붉은 비로드 같은 꽃잎의 장미를 골랐다.

"이 꽃이라면 여자 친구 분에게 너무 어른스러울까요?"

물통에서 장미 다발을 꺼내 껴안듯이 들고 남자에게 보여주었다. 남자는 장미를 본 후, 하나에를 보았다. 그것을 재빨리 한 번더 되풀이한 뒤, 처음으로 웃었다.

"그 장미로 좋습니다. 엄청나게 예쁘게 만들어 주세요."

그런 말을 들은 건 처음이어서 하나에는 단 한 번으로 그 손님을 기억했다. 남자는 돈을 내고, 비싼 장미 다발을 편의점 봉투들듯이 아무렇게나 들고 가게를 나갔다. 지금부터 데이트를 하러 간다기보다 결투라도 하러 가는 것 같은 경직된 등이었다.

그래서 일주일 뒤에 또 그 손님이 와서 꽃잎 끝이 뾰족한 튤립을 사 갔을 때는 조금 놀랐다. 또 올 손님으로는 보이지 않았기 때문이다. 남자의 이름을 안 것은 그다음 주인 세 번째 방문 때였다. 꽃을 기다리는 동안 남자의 휴대전화가 울렸다. 하나에는 손을 쉬지 않고 꽃다발을 만들면서 그 이름을 마음에 담아두었다. 꽃은 아마 순백색의 디모르포테카. 거베라와 아주 비슷하지만, 조금 더 시원한 남아프리카가 원산지인 꽃이다.

남자의 이름은 세리자와라고 했다. 세리자와가 앞치마 가슴에 달린 하나에의 이름을 부르게 된 것은 그로부터 한 달 뒤였다.

가을 디스플레이를 마친 꽃집 안에서 하나에가 전화를 받은 것은 오후 다섯 시 넘어서였다. 휴대전화 플립을 열자, 난감해하는 익숙한 목소리가 귓가에 흘렀다.

"에이고 어머니세요? 미즈호 보육원 오사키입니다. 오늘은 토요일이어서 다섯 시까지 연장 보육입니다만."

하나에는 당황했다.

"남편이 데리러 가기로 했는데요."

전화 뒤에 에이고가 징징거리는 소리가 들렸다. 빨리 와, 빨리 ……. 젊은 보육 교사의 차분한 대답이 돌아왔다.

"그럼 좀 더 기다려 볼까요?"

깐깐한 원장 선생님이 아니어서 다행이었다. 하나에는 한 손으로 앞치마를 풀면서 다급히 말했다.

"죄송합니다. 제가 지금 바로 갈게요."

남편 나오키는 어젯밤에도 늦게까지 일을 했다. 깜박했을지도 모르고, 잠들어 버렸을지도 모른다. 다음 시간의 파트타이머도 가게에 와 있다. 하나에는 미사토에게 사정을 설명하고 한 시간만 일찍 조퇴하기로 했다. 묶어 올린 머리를 풀고, 가벼운 캐시미어 코트에 팔을 넣으면서 자동문을 빠져나왔다.

택시에서 남편의 휴대전화 번호를 눌렀다. 에이고의 보육원은 기치조지와 미타카의 딱 가운데 있다. 창밖으로 토요일 초저녁의 화려해 보이는 거리가 지나갔다. 나오키의 목소리는 대놓고 짜증이 묻어 있었다.

"예."

하나에도 차가운 톤으로 받았다.

"나. 오늘 당신이 보육원에 애 데리러 가기로 했잖아."

마우스를 클릭하는 소리가 딸칵딸칵 울렸다. 남편은 통화 중에도 일손을 멈추지 않고 있다.

"아, 벌써 시간이 그렇게 됐나. 이 일, 오늘 밤 내에 손질해서 사이트를 갱신해야 하거든. 어제 한숨도 못 잤어. 미안, 지금 나 갈게."

그렇게 말하니 화를 낼 수도 없었다. 하나에는 포기한 듯이 말했다.

"됐어. 지금 택시 안이야. 오늘은 가게 조퇴하고 내가 가니까."

"그랬어? 미안."

아직 딸칵딸칵 클릭 소리는 이어지고 있었다. 운전사가 듣고 있다고 생각했지만, 하나에는 참을 수가 없었다.

"오늘 밤에 갱신해도, 다음 주 수요일에 또 마감이 있지?"

"응, 미치겠어."

딸칵 딸칵딸칵. 남편은 전화를 바꿔 들었는지 콧김 소리가 묘하게 거칠어졌다.

"내일 일요일에도 에이고하고 하나도 못 놀아주겠지. 이번 여름방학에 아빠하고 아무 데도 놀러 가지 못한 애는 반에서 에이고뿐이었다고."

마우스 소리가 겨우 멈추었다. 나오키는 한숨을 쉬고 말했다.

"그렇게 말해도 말이지. 일은 기다려 주지 않고, 나는 프리랜서이니 연속 두 번은 의뢰를 거절할 수 없어. 당분간 이런 식으로 계속할 수밖에 없잖아. 주택 대출금도 아직 한참 남았는데."

사실은 원래도 튼튼하지 않은 나오키의 몸이 걱정이었지만, 하나에는 이제 무슨 말을 해도 소용없다고 생각했다. 속으로 한숨을 억누르고 말했다.

"보육원 다 와 가니까 나중에 얘기해."

"응."

전화를 끊었다. 아직 보육원까지는 한참 남았지만, 더 얘기하고 싶지가 않았다. 집에서 걸어서 칠팔 분인 보육원까지 아들을 데리러 가는 당번 문제로 서로 신경을 곤두세운다. 둘이서만 살 때는 상상도 못 했던 사태다. 물론 아이는 귀여웠다. 외동아들이어서 더욱 그렇지만, 갑자기 가정이라는 것의 존재가 무거워진 것은 역시 에이고가 생긴 후의 일이다.

장난감을 있는 대로 어지르고, 연신 괴성을 지르며 넓지도 않은 거실을 뛰어다니는 다섯 살짜리 아들과, 깨어 있는 시간에는 거의 컴퓨터 앞에만 붙어 있는 남편. 하루에 겨우 몇 분도 자신을 보지 않는, 옛날에는 애인이었던 사람.

하나에는 이대로 택시를 타고 어딘가 다른 세계로 달아나고 싶었다.

그다음 주 금요일은 하나에와 나오키의 일곱 번째 결혼기념일이었다. 나오키는 당연한 듯이 선물도 축하의 말도 하지 않았다. 그 주에는 평일 중 이틀이나 밤샘 작업을 했으니, 남편은 선물을 사러 나갈 시간도, 그런 시시한 일에 힘을 쏟을 여력도 없었을 것이다. 일 년에 한 번인 일인데.

나오키는 또 심야까지 일을 하고, 에이고는 건전지가 다 된 것처럼 잠에 곯아떨어졌다. 하나에는 넓은 더블 침대에 혼자 잠옷 차림으로 누워 생각했다.

이대로라면 생활에 지쳐서 자신은 점점 피폐해질 것이다. 현재의 생활에 수분을 줄 일이 어디 없을까. 욕심을 부리는 건 아니다. 온몸에 행복의 비를 맞지 않아도 좋다. 내가 식물들에게 분무기로 물을 뿌려주듯이 아주 약간의 수분을 줄 사람은 없을까. 마음이 촉촉하고 부드러워지는 분무 정도로 충분하다. 아이가 있고, 평범한 결혼 생활을 보내는 여자가 이런 걸 바라는 것은 역시 욕심일까.

답이란 게 나올 리 없다. 잠이 들기 전에 마지막으로 하나에가 떠올린 것은 다음 날 오후에 가게에 올 세리자와였다. 꽃다발을 만드는 동안에 한눈도 팔지 않고 자신을 바라보는 시선. 피부의 표면에서 열을 빼앗아가는 듯한 시선의 짜릿함이 남편에게는 절대로 없다.

그 하얗고 차가운 안개 같은 눈. 그 눈을 생각하니 하나에의 마음이 차분해졌다.

토요일 오후, 하나에가 장미 가시를 뽑고 있을 때, 세리자와가 나타났다. 전날 밤에 세리자와를 생각한 탓인지, 하나에는 제대로 얼굴을 볼 수가 없었다. 세리자와는 예민하다. 하나에의 분위기가 바로 전염된 것 같았다. 한 번도 시선을 마주치지 못하고, 민망한 듯이 냉장 진열장 앞에 섰다. 이번에는 하나에가 안심하고 세리자와를 바라볼 차례였다.

겨자색 코르덴 바지에 진초록색 코트. 털이 달린 모자가 긴 목 뒤로 늘어져 있다. 세리자와는 소년 같은 차림이 잘 어울렸다.

"저 동백꽃 같은 꽃은 뭔가요?"

장미꽃이 담긴 물통이 늘어서 있는 곳을 가리켰다. 하나에는 진열장 문을 열고 몇 송이 꺼내 보였다. 눈이 마주치자 세리자와는 그날 처음으로 미소를 지었다.

"이것도 장미의 일종이에요. 꽃잎이 홑겹이어서 호화롭기보다 가냘프고 가련하죠. 제법 인기가 있답니다."

"그럼 오늘은 그걸로 주세요. 언제나처럼."

그렇게 말하고 세리자와는 안심한 듯이 가게 구석의 소파로 향했다. 하나에는 연분홍색 홑겹 장미를 모양을 맞추어 골랐다. 꽃을 안고 카운터로 이동했다. 미사토가 근처 옷 가게에 배달을 가서, 가게 안에는 두 사람뿐이었다. 거리낌 없이 세리자와의 시선 세례를 받을 수 있다. 그렇게 생각하니 너무 노골적인 것 같은 기분이 들어서 하나에의 뺨이 꽃 색과 똑같이 물들었다.

줄기를 짧게 자르고, 고무줄로 단단히 고정한다. 세리자와는 하나에의 가슴 언저리를 보고 있는 것 같았다. 아들 수유를 마치고 조금 처진 가슴. 세리자와에게 직접 보여주는 건 도저히 생각할 수 없다. 쿵쾅거리는 가슴을 들키지 않기 위해 하나에는 말을 꺼냈다.

"지난주에 말씀하신 대로 됐어요."

세리자와는 무슨 말인지 모르는 것 같았다. 잠자코 하나에 쪽을 보고 있다.

"어제, 결혼기념일이었는데 깨끗이 무시당했어요. 너무하죠, 우리 남편."

젖은 솜으로 줄기 끝을 감싸고 그 위에 알루미늄 포일을 감았다.

"정말로 너무하네요 ……."

세리자와의 목소리는 농담처럼 들리지 않았다. 말을 끊고, 무언가 말을 꺼내기 곤란해하고 있다. 이상한 느낌에 하나에가 시선을 들었다. 세리자와는 아주 진지한 눈으로 소파에서 올려다보았다. 가슴속까지 꿰뚫어 볼 것 같은 눈길이었다. 세리자와는 힘이 담긴 시선을 움직이지 않고 말했다.

"그럼 그 꽃다발을 제가 드리는 선물로 하겠습니다. 근처에 배달한다고 하고 집에 갈 때 갖고 가세요."

하나에는 기쁘다기보다 깜짝 놀랐다.

"그렇지만 세리자와 씨 여자 친구분은 괜찮으세요?"

세리자와는 무릎 위에서 깍지를 끼고 있던 두 손을 내려다보며 혼자 웃었다.

"괜찮습니다. 사실은 처음에 이 가게 왔을 때 샀던 것이 여자 친구한테 마지막으로 선물한 꽃다발이었어요. 그날은 확실하게 이별을 고하기 위한 데이트였거든요. 너무 길었던 봄날이란 건, 유행가 가사에만 있는 게 아니더군요."

그 스물일곱 송이의 장미가 그렇게 쓰였구나. 하나에는 쉬고 있던 손을 천천히 움직였다. 세리자와가 말했다.

"그래서 그다음부터 산 꽃다발은 전부 제 방에 갖다 놓았어요. 그것 말고는 하나에 씨와 얘기를 할 수 있는 방법이 생각나지 않아서. 그런데 매주 다른 꽃을 장식하는 것도 꽤 괜찮더군요. 지난 7개월은 정말 즐거웠습니다."

심호흡이라도 하지 않으면 쓰러져버릴 것 같았다. 자신의 손이 떨리고 있는 것을 눈치채지 못하면 좋을 텐데.

당연한 대답밖에 할 수 없는 자신이 싫었다. 세리자와는 가슴 주머니에서 만년필을 꺼냈다.

"꽃다발에 끼우는 메시지 카드 있죠?"

하나에는 끄덕이고 금전등록기 옆에 있는 서랍에서 한 장 꺼내, 카운터에 올려놓았다. 세리자와가 소파에서 일어나, 이쪽으로 올 때는 자기도 모르게 숨을 멈추었다. 세리자와는 카드를 들고 소파로 돌아갔다. 아무 일도 일어나지 않은 것에 안심했지만, 그것이 아쉬운 기분도 들었다. 세리자와는 만년필로 카드에 뭔가 쓰더니, 다시 와서 카운터에 올려놓았다. 시선을 피하며 말했다.

"그 꽃다발에 꽂을 카드입니다. 답장은 필요 없습니다. 집에 가셔서 읽어 주세요."

하나에는 끄덕이고 완성한 꽃다발을 가슴에 안아 보였다. 마음을 전했다는 만족감 때문인지, 세리자와는 안심하고 부드러운 미소를 지었다.

"좋네요. 홑겹 장미는 하나에 씨 같군요. 지나치게 꾸미지 않아서 마음이 편안해져요."

고맙습니다, 하고 하나에는 금전등록기를 열었다. 어떻게 계산했는지 기억도 나지 않는다. 세리자와는 바로 가게를 나갔지만, 하나에는 미사토가 돌아올 때까지 줄곧 포장 카운터 위에 놓인 장미 꾸러미를 바라보고 있었다. 자기가 만든 꽃다발인데 어딘가 하늘에서 내려온 것처럼 느껴졌다.

홑겹 장미가 나를 닮았다? 그런 말은 평생 못 들을 줄 알았는데. 하나에는 세리자와의 말대로 카드에는 손을 대지 않고, 하염없이 예기치 못한 선물을 보고 있었다.

그날 저녁, 집에 도착할 때까지 카드에는 손을 대지 않았다. 오토 록을 통과해, 엘리베이터를 타고 위로 올라갔다. 하나에는 집 앞에서 겨우 장미 꽃다발 사이에 꽂힌 카드를 꺼냈다.

철문 너머에서 토요일에 하는 어린이 대상 액션 프로그램 소리가 들렸다. 에이고는 다섯 살짜리 남자아이답게 변신하는 걸 좋아한다. 효과음과 잘생긴 주인공이 뭐라고 외치는 소리를 들으면서, 하나에는 문 앞에 선 채 카드를 읽었다.

> 내일은 가게 쉬시는 날이죠. 오후 두 시, 이노가시라 공원
> 보트장 쪽 입구에서 기다리겠습니다. 삼십 분 정도 기다리
> 다가, 오시지 않으면 포기하겠습니다. M.S.

몇 번을 읽어도 내용은 같았다. 쿵쾅거리는 가슴이 진정되기를 기다렸다가, 하나에는 카드를 코트 주머니에 넣고 심호흡을 한 뒤 현관문을 열었다.

토요일 밤은 천천히 지나갔다. 저녁을 먹고 나자 남편은 또 일로 돌아가고, 하나에와 함께 목욕을 마친 에이고는 제일 좋아하는 체크무늬 타월을 든 채, 마루 구석에 쓰러지듯이 잠들어 버렸다. 하나에는 20킬로그램 가까이 나가는 아들을 간신히 안아 올려서 아이 방에 데려다 눕히고 아무도 없는 거실로 돌아왔다.

주방 싱크대 구석에 세워둔 장미 꽃다발을 들고 리본을 풀었다. 싱크대 밑에서 결혼 전에 남편이 생일 선물로 준 스페인제 꽃병을 꺼내 먼지를 떨었다. 매일 꽃을 팔면서 정작 집에 꽃이 있는 일은 드물었다.

적당히 길이를 고르면서 홑겹 장미를 물속에서 다듬었다. 하나에는 가만히 앉아서 생각만 하는 게 체질에 맞지 않았다. 손을 움직여야 머리가 잘 돌아갔다. 특히 이번처럼 가슴이 쿵쾅거리는 일은 더욱 가만히 있을 수 없었다.

두꺼운 유리 꽃병에 장미를 꽂아서 식탁 한가운데에 놓았다. 식탁 위의 등만 켜놓고, 하나에는 몇 걸음 떨어져서 꽃을 감상했다. 밝은 오크재 식탁 위에 홑겹 꽃잎의 부드러운 그림자가 떨어졌다. 이 장미가 나를 닮다니, 세리자와가 어떻게 된 거라고 생각했다.

그 이상으로 어떻게 된 것이 일중독인 남편이다. 이 꽃다발을 보고도 아무 말도 하지 않았다. 하나에는 그때를 대비해 변명도 생각해 두었지만, 말할 일이 없었다. 남편은 하나에가 무엇을 해도 관심이 없는 것 같았다.

내일 오후 두 시, 대체 어떻게 해야 좋을까. 가만히 있을 수가 없어서 세제를 들고 오랜만에 주방 대청소를 시작했다.

일요일은 아침부터 화창했다. 잠에서 깨어나, 두근거리는 마음으로 날씨를 확인하는 것은 오랜만이었다. 저쪽의 파란색이 비쳐 보이는 엷은 구름이 빗자루질 하듯이 높은 하늘에 흘러갔다. 하나에는 아직 마음을 정하지 못했다.

늦은 아침 준비를 하면서도 여전히 망설였다. 식탁에 앉아서도 마찬가지였다. 홑겹 장미는 아침이 되어도 청초한 아름다움이 흐트러지지 않았다. 꽃을 볼 때마다 하나에의 가슴은 뛰었다. 토스트를 먹으면서 남편이 말했다.

"오늘은 초저녁까지 일을 하나 마무리할 수 있을 것 같아. 저녁에 외식이라도 하러 갈까?"

스크램블드에그를 긁어 먹던 에이고가 환호성을 질렀다. 역앞 패밀리 레스토랑 이름을 외쳤다. 어린아이를 데리고 외식할 곳은 한정되어 있다.

"스파게티랑 새우튀김이랑 초코 아이스크림, 스파게티랑 새우튀김이랑 초코 아이스크림."

에이고는 몇 번이고 그렇게 되풀이하면서, 버터를 바른 토스트를 반으로 접어 한가운데부터 먹고 있다. 하나에는 꽃병을 한 번 본 다음 아들과 남편을 보았다. 두 사람 다 잠버릇이 나빠서 머리는 까치집이다. 에이고는 케첩이 묻은 달걀을 접시 밖으로 흘리고, 나오키는 티셔츠 입은 가슴을 벅벅 긁으면서 곁눈으로 텔레비전을 보고 있다. 이것이 내 가족이구나 하고 하나에는 생각했다. 그때 입에서 나온 말은 스스로도 의외였다.

"오후에 기치조지에 쇼핑하러 다녀올 테니까, 돌아오면 같이 가."

나오키는 프로야구 스토브리그 정보가 나오는 TV에 빠져서 아무렇거나 상관없다는 듯이 끄덕였다. 에이고는 아직 초코 아이스크림을 외치고 있다.

하나에는 일요일 아침의 훈훈한 가족 모습이 진심으로 지긋지긋했다.

평소보다 배는 더 시간을 들여 꼼꼼하게 화장을 한 하나에는 오후 한 시가 지나 집을 나왔다. 기치조지 역 남쪽 출구에 도착한 것은 약속 시간 십 분 전이었다. 둥둥 허공을 걷는 듯한 기분으로 혼잡한 역 앞을 빠져나와 공원으로 이어지는 계단을 내려갔다. 세리자와를 만나서 뭐라고 할지, 하나에는 아직 망설였다.

3인 가족과 스쳐 지났다. 하나에는 남자아이에게 미소를 건넸다. 남자아이는 에이고 또래로 노래를 부르면서 씩씩하게 올라왔다. 하나에를 보더니 손을 크게 흔들었다. 에이고[英吾]라는 이름은 하나에[英惠]의 이름에서 한 글자를 따서 지었다. 그 이름이 좋다고 한 것은 남편 나오키였다. '에[英]'라는 한자는 균

형감도 있고 소리의 느낌도 좋아서 아주 좋아하는 글자라고.

에이고의 자는 얼굴과 일을 하는 나오키의 등을 떠올리고, 하나에는 쿡쿡 웃었다. 그리고 자신도 놀랐다. 입가에는 아직 웃음이 남아 있는데, 갑자기 눈물이 날 것 같아서였다.

완만한 계단이 끝나고, 지붕처럼 튀어나온 휘늘어진 나뭇가지 아래에서 세리자와는 기다리고 있었다. 하나에는 빙그레 웃으며 등을 폈다. 세리자와가 말했다.

"와주실 줄 몰랐어요. 갑작스럽게 청해서."

하나에가 끄덕이며 말했다.

"세리자와 씨를 삼십 분이나 기다리게 하는 건 가엾잖아요."

두 사람은 어깨를 나란히 하고 연못을 둘러싼 산책길을 걷기 시작했다. 피겨 스케이트의 페어 경기 같았다. 천천히지만, 상대의 속도를 신경 쓰면서 걸어갔다. 하나에는 멀리 보트를 보았다. 용기 있는 대학생 커플이 타고 있는 것 같다. 이 연못에서 보트를 타면 반드시 헤어진다는 속설이 유명하다.

하나에는 천천히 흔들리면서 초록의 수면 위를 나아가는 보트를 바라보았다. 시작한 것에는 언젠가 끝이 온다. 하지만 다른 것을 시작하기 위해서는 먼저 끝내야만 하는 것이 있다. 그것은 아직 하나에게는 끝낼 수 없는 것이었다. 하나에는 똑바로 앞을 보며 말했다.

"매주 꽃을 사러 와 주어서 정말 기뻤어요. 늘 짧은 시간이었지만, 세리자와 씨하고 얘기를 나누는 게 즐거웠어요."

세리자와는 하나에의 목소리 분위기에 무언가를 느낀 것 같았다. 묵묵히 옆을 걸었다. 발밑에 낙엽을 밟는 마른 소리가 들렸다. 하나에는 한 걸음 앞서 걸으며 등 너머로 말했다.

"그런데 이렇게 가게 밖에서 만나는 건 오늘만으로 할게요. 세리자와 씨, 미안해요. 이 연못을 한 바퀴 돌면 나, 집으로 돌아갈게요."

세리자와가 끄덕이는 것 같았다.

"그렇군요. 그게 제일 좋을지도 모르겠군요. 하나에 씨는 돌아갈 집이 있으니까요. 실례를 했습니다."

실례가 아니에요. 하나에는 말하고 싶었다. 당신은 내 마음이 말라서 쩍쩍 갈라질 것 같을 때, 충분히 수분을 주었어요. 감사한 것은 내 쪽이에요. 세리자와는 이제 개운해졌다는 듯이 시원스럽게 말했다.

"갑자기 전근 발령이 나서 다음 달부터 아키타 시로 가게 되었어요. 보험 업계는 전근이 많거든요. 그래서 마지막으로 제대로 만나서 마음만이라도 전하고 싶었습니다. 그렇지만 너무 제 생각만 한 것 같네요. 하나에 씨가 만들어 준 꽃다발을 방에 장식할 수 없게 된 것이 좀 슬픕니다."

두 사람은 그리고 삼십 분 정도 천천히 연못을 돌았다. 가족, 친구, 학생 시절의 추억. 벌써 몇 번이나 누군가에게 했던 얘기인데 처음 하는 것 같은 신선함을 느꼈다. 하나에는 자신의 얘기를 이렇게 집중해서 들어 주는 누군가가 있다는 것이 그저 기뻤다. 하지만 즐거운 시간은 쏜살같이 지나간다. 아무리 천천히 걸어도 아까 출발한 곳으로 돌아온다. 두 사람은 마지막 몇 미터를 말없이 걸었다. 아쉬워하는 자신의 마음은 세리자와에게도 충분히 전해졌다고 생각했다.

두 사람은 낙엽이 흩어진 계단을 올려다보았다. 세리자와는 긴장한 얼굴로 말했다.

"나는 여기 남아서 좀 더 머리를 식히고 가겠습니다. 오늘은 정말 고마워요."

그렇게 말하고 손을 내밀었다. 하나에는 계단을 올려다본 뒤, 세리자와를 보았다. 차가운 손의 손가락 끝만 살짝 잡았다.

"나야말로 고마워요. 언젠가 또 꽃다발을 만들게 해 주세요."

하나에는 세리자와의 눈을 보았다. 가을이 무르익은 공원이 모두 눈 속으로 빨려드는 것 같았다. 남자의 눈을 보고 이토록 찌릿한 마음이 드는 일은 아마 평생 없을지도 모른다. 그러나 이것으로 됐다. 실을 당기듯이 손가락을 뗐다. 하나에는 피우지 못한 하얀 꽃봉오리 한 송이를 가슴에 품고 천천히 계단을 올라갔다.

그러나 매일 꽃을 다루는 하나에는 알고 있다. 꽃은 절대 피어 있을 때만 아름다운 것이 아니다. 꽃에는 꽃의, 꽃봉오리에는 꽃봉오리의 아름다움이 있다.

언젠가 이 봉오리를 꽃피울 수 있는 날이 올 때까지, 소중히 간직해야지 생각했다. 그날은 분명 올 것이다.

목소리를 찾아서

히네노 히로코는 자신의 성격 반은 이 별난 성 때문에 만들어졌다고 생각했다(히네노라는 성이 삐뚤어지다, 삐딱하다라는 뜻의 동사 히네쿠레루[ひねくれる]의 히네와 발음이 비슷하다 — 옮긴이). 초등학교 저학년 때부터 별명이 삐딱한 히로코, 삐뚤어진 히로코였다. 아무리 순수하고 착한 아이여도 언제나 삐뚤어진 아이라고 부르면, 언젠가는 정말로 삐뚤어져버린다. 이름에는 마법의 주문 같은 힘이 있어서 부르는 대로 되어, 사람을 근본적으로 바꾸어놓는다. 성이 좀 멋있으면 좋을 텐데, 하고 히로코는 어릴 때부터 곧잘 공상했다. 아사카, 아야나미, 아즈미 등등, 동경하는 성 컬렉션은 '아'로 시작하는 것만도 무진장 많다.

엄마한테 성 때문에 불평을 하면, "언젠가 너도 결혼하면 성이 바뀌잖아, 그때까지 참아"라고 했다. 하지만 그 후로 이십여 년, 서른세 살이 된 현재도 결혼은커녕 남자 친구 코빼기조차 보이지 않는 생활을 하고 있다. 마지막으로 섹스를 한 것이 언제인지, 기억도 제대로 안 날 정도다. 무엇보다 만남의 기회가 극단적으로 적다.

히로코가 근무하는 곳은 히가시긴자. 가부키 좌 뒤편에 있는 작은 광고 에이전시였다. 회사 이름은 애드하우스 애쉬라고 그럴듯하지만, 사원은 열 명 남짓한 영세기업이다. 경리는 히로코 한 명으로, 같은 사무실에는 언제나 돈 구하러 돌아다니는 사장 하야타와, 어디서 일을 하는지 도통 알 수 없는 영업 사원 사쿠라이밖에 없었다.

복도를 사이에 둔 제작부 사무실에는 젊은 디자이너와 카피라이터가 있다. 그렇지만 한낮이 돼야 출근해서 전철이 끊기기 직전까지 잔업을 하는 크리에이터들은 사무직인 히로코와는 전혀 딴 세상 사람들이었다. 그 밖에 매일 얼굴을 마주치는 것은 출입이 잦은 영업 사원과 은행 창구 사람 정도다. 괜찮네 싶은 남자를 만나는 것은 일 년에 한 번 정도밖에 없다. 물론 그럴 때도 히로코는 분명 잘될 리 없다고 굳게 믿고, 먼저 행동을 취하려고 하지 않았다. '삐뚤어진 히로코' 아닌가. 연애의 신조차 순순히 기회를 줄 리가 없다.

애쉬 사무실이 있는 빌딩은 지은 지 삼십 년 가까이 되어서 난방도 잘 안 돼, 히로코는 겨울 내내 무릎에는 재색 담요를 덮고,

어깨에는 검은색 대형 숄을 걸치고 있었다. 그런 모양새 때문에 젊은 디자이너 아가씨가 붙여준 별명을 히로코는 알고 있다.

마녀 구두쇠 경리.

흥, 들을 만하네. '삐뚤어진'이 붙지 않은 것만도 어디야. 요 몇 년째, 적지만 매달 꼬박꼬박 월급이 나가는 것이 기적인 재무 상황이 계속되고 있다. 경비에 깐깐해지는 것은 어쩔 수 없다.

그런 히로코의 목소리가 어딘가로 사라져 버린 것은 성년의 날이 지난 1월 중순경의 일이다.

그날 아침, 혼자 사는 방에서 눈을 떴을 때, 열이 나는지 온몸이 나른했다. 목 상태도 뭔가 이상했다. 소리를 내려고 해도 목소리가 나오지 않았다. 말을 할 수도 없어서 회사에는 감기로 결근한다고 팩스를 보내고, 사다 둔 감기약을 먹고 종일 침대에서 뒹굴거렸다. 녹화해 둔 연속극(러브 스토리가 아니다)을 보고, 뜨거운 물로 세면대가 반짝반짝하도록 청소도 했다. 이건 이것대로 꽤 즐거웠다.

다음 날, 열은 내렸지만, 여전히 목 상태가 이상했다. 하지만 이 시점에서도 히로코는 감기 때문일 거라고 단순하게 생각했다. 회사에는 목이 아파서 대화를 할 수 없다, 하루 더 쉬겠다고 팩스를 보내고, 오후 한 시 가까이 되어 굴러갈 듯이 옷을 잔뜩 껴입고 가까운 병원에 갔다. 예순이 넘은 할아버지 선생님 이름이 붙은 작은 동네 내과였다. 백발의 의사는 펜라이트로 목 안을 확인하더니 말했다.

"이상하네요. 목에는 염증이 없어요."

차진 말투다. 히로코는 초조해하면서 낡은 의자에 앉아, 노트에 사인펜을 휘갈겼다. 소리가 나오지 않으니 필담으로밖에 의사소통을 할 수 없었다.

    그럴 리가 없습니다. 감기 탓인 게 분명해요.

의사는 돋보기를 고쳐 쓰고 진료 카드에 뭐라고 써 넣었다.

"그렇지만 아가씨, 지금 목은 아프지 않죠?"

그러고 보니 목에는 통증이 없었다. 침을 삼켜도 음식을 먹어도 마찬가지다. 편도선이 부었을 때 같은 이물감도 없었다. 히로코는 할 수 없이 끄덕이고, 사인펜 뚜껑을 열었다.

    다른 원인은 생각할 수 없을까요?

의사는 흘끗 시선을 들어 돋보기 위로 히로코를 들여다보듯이 보았다. 심술쟁이 독수리같이 생겼다.

"최근에 실연 같은 것 안 했어요? 아니면 일이 너무 바빠서 쉬지를 못했거나."

실연 따위 지난번 올림픽보다 더 오래된 이야기다. 경리 일은 바쁘지만, 그건 최근 몇 년째 변함없는 페이스다. 히로코는 천천히 고개를 가로저으면서, 새 페이지에 썼다.

전혀 짚이는 데가 없어요.

그런가요, 난감하네요, 하고 의사는 진료 카드에 또 뭐라고 쓰고 있다. 히로코를 보지 않고 말했다.

"혹시 모르니 신경정신과에 가 보는 건 어떨까요? 아가씨 증세로 보아 우리는 약을 처방해 줄 수가 없네요."

신경정신과라는 말에 히로코는 깜짝 놀랐다. 육체적으로도 정신적으로도 씩씩한 게 장점인 자신이 마음의 병을 진찰받다니. 늙은 의사는 간호사에게 다음 환자, 하고 말했다. 그리고 달래듯이 히로코에게 말했다.

"일단 진찰만 받는 거니까요. 목에 이상이 없다면 어쩌면 심인성으로 목소리가 나오지 않을지도 모르거든요. 아직 잘 모르겠지만. 육체적으로는 이상하지 않으니 상담 받아 보는 게 좋겠네요."

무표정한 눈으로 히로코를 멀뚱히 보았다. 히로코는 어쩌면

중병일지도 모른다고 생각했다. 목에 지령을 내리는 뇌의 일부에 종양이 생겼거나, 뇌와 성대를 연결하는 신경이 어딘가에서 절단됐거나. 나쁜 쪽으로 연상하는 것은 히로코의 특기였다. 목소리를 잃은 네 번째의 치명적인 원인을 상상한 뒤, 히로코는 난감해하는 의사의 시선이 무엇을 의미하는지 겨우 깨달았다. 다음 환자가 기다리고 있으니 동그란 의자에서 빨리 일어나기만 바라는 것이다.

사람이 이렇게 고민하고 있는데 이게 무슨 실례인가.

머플러에 얼굴을 묻고 돌아오는 길에 히로코는 울고 싶어졌다. 부모님은 미야자키에 있어서 바로 부를 수도 없다. 친한 친구는 모두 히로코처럼 직장에 다녀서 평일 오후에는 시간을 내지 못한다. 그러니 신경정신과에 가려고 해도 전화 예약조차 할 수 없다. 느닷없이 찾아가서 필담으로 진료를 신청해도 잘 받아줄까. 히로코는 도쿄라는 타인끼리 모여 사는 도시에서 외톨이란 사실을 뼈저리게 느꼈다.

평소에는 그런 걸 느끼지 못한 것은 마음이 통하는 누군가와 지루함과 즐거움을 나누기 위해 쓸데없이 많은 말을 나누기 때문이었다. 장난치고 농담하고 의미도 없고 중요하지도 않은 화제를 마구 지껄여댔다. 그런 일상의 대화가 얼마나 고마운지 절실히 느껴졌다. 말을 사용하지 못하게 되니, 바로 주위 모든 사람에게서 내팽개쳐진 느낌이다. 편의점에서 도시락을 사서, 전자레인지에 데워 드릴까요? 물어도 고개만 가로저을 뿐 대답조차 못 한다.

북풍에 등을 떠밀리듯이 무사시코야마의 상점가를 걷는 히로코는 몸서리치게 고독했다. 애인이나 젊은 남자뿐만이 아니라, 언제나 당연한 듯이 쓰고 있던 말조차 자신을 떠나 버렸다. 이대로 아무 말도 하지 못하고 남은 인생을 보내야 한다면 어떻게 하지. 집으로 돌아가는 길, 히로코는 코트 주머니 속에서 소형노트를 땀이 나도록 꽉 쥐고 있었다.

구원의 손길은 의외의 곳에서 찾아왔다. 회사를 쉰 지 사흘째, 어떻게 신경정신과에 갈지 고민하고 있던 한낮에 집으로 전화가 걸려왔다. 히로코가 수화기를 들자 언제나처럼 냉랭한 목소리가 들려왔다.

"여보세요, 히네노 씨인가요? 사쿠라이입니다."

하악하악하악. 거칠게 토하는 숨소리로밖에 대답할 수 없다. 이거야 마치 변태 같지 않은가. 히로코는 얼굴이 빨개졌다. 사쿠라이는 아무 일도 없는 것처럼 말했다.

"아, 그랬죠. 감기로 목소리가 나오지 않죠. 그럼 지금부터 질

문을 할 테니, 예스라면 한 번, 노라면 두 번 수화기를 가볍게 두드려주세요."

그런 방법이 있었네. 두 살 아래였지만, 영업 사원인 사쿠라이는 꽤 영리하다고 생각했다. 수화기를 들고 있지 않은 쪽의 오른손 중지로 무선 전화기 송화구를 한 번 두드렸다. 톡. 자신의 귓가에서도 의외로 큰 소리가 났다.

"다케모토 인쇄에 입금은 이미 했죠?"

톡 하고 손가락 한 번.

"성미당 어음은 결제가 끝났어요?"

톡톡 하고 손가락 두 번.

"네. 알겠습니다. 그럼 몸조리 잘 하세요."

히로코는 다급하게 하악하악 숨을 쉬고, 송화구를 마구 두드렸다. 사쿠라이가 의아해하며 물었다.

"무슨 곤란한 일이라도 있어요?"

톡.

"먹을 게 떨어졌다거나?"

톡톡. 전화로 말을 하지 못한다는 것이 이렇게 애가 타는 것일 줄 몰랐다. 우리 집에 와서 좀 도와달라는 한마디만 하면 되는 일이다. 사쿠라이는 여유롭게 말했다.

"어쨌든 뭔가 곤란한 일이 있군요. 그럼 오늘은 연극 공연이 없으니 퇴근길에 들러 보겠습니다. 주소는 여기서 찾아볼게요. 근처 역에 도착하면 전화하죠."

뭔가 귀찮다는 듯이 전화가 끊겼다. 그래도 히로코는 고마웠다. 누군가가 이 집까지 자신의 목소리를 대신해 주려고 온다. 한 주의 반은 소극장에 다니는 연극광 사쿠라이의 일정이 공교롭게 오늘 비었다니, 공연을 하지 않는 어딘지 모를 인기 극단에 절이라도 하고 싶은 심정이었다.

사쿠라이는 저녁 일곱 시 전에 왔다. 현관문을 열자 양손에 하얀 비닐봉투를 들고 진회색 슈트를 입고 서 있었다. 반코트는 검은색이었다. 평소의 사쿠라이 유니폼으로, 이 색 옷밖에 입지 않는다. 셔츠는 흰색, 넥타이는 검은색에 은색에 흰색. 구로고(가부키나 분라쿠에서 검은 복장에 검은 두건을 착용한 배우의 들러리나 무대 장치를 조작하는 사람—옮긴이)처럼 철저하게 무채색이었다.

히로코는 근처 100엔 숍에서 산 작은 화이트보드에 마커펜으로 큼직하게 고맙습니다, 라고 써놓고, 기다리고 있었다. 사쿠라이는 구두를 벗고 들어왔다.

"목소리가 나오지 않는 게 정말인가 보네요. 안색은 좋아 보이는데."

히로코는 짧은 복도 끝의 거실로 안내했다. 그리 넓진 않지만, 지은 지 오래된 집이어서 구조가 여유롭고, 원룸이 아닌 것이 마

음에 들었다. 집주인이 다음 계약 갱신 때는 그냥 사지 않겠냐고
물었다.

사쿠라이는 반코트를 벗어서 소파 팔걸이에 걸쳤다. 발밑에
내려 둔 비닐봉투 사이로 인스턴트 흰죽과 귤이 보였다. 별로 관
심 없는 듯이 여자 혼자 사는 거실을 둘러보더니 입을 열었다.

"전화로 곤란한 것 같던데 어떻게 된 건가요?"

동정이라곤 느낄 수 없는 회사 동료 톤이다. 히로코는 탁자 바
닥에 주저앉아, 단숨에 화이트보드에 썼다.

　　병원에 가봤는데, 원인은 감기가 아닌 것 같아요. 정신적

　　인 이유로 목소리가 나오지 않을지도 모르니, 신경정신과

　　에 가서 상담해 보는 편이 좋겠다고.

사쿠라이는 미간을 모으고 글을 읽더니 간단하게 말했다.

"아, 신체 표현성 장애군요."

히로코는 새끼손가락만 한 스펀지 지우개로 보드를 지우고,
바로 글을 썼다. 이번에는 짧아서 금방 썼다. 다 쓰고는 사쿠라
이의 코앞에 들이대듯이 들었다.

　　그게 뭐예요?

사쿠라이는 난감한 듯이 말했다.

"그렇게 얼굴에 가까이 대지 않아도 보여요. 옛날에 어느 극단에서 했던 좀 어려운 연극에서 본 적이 있어요. 과도한 스트레스에 몸이 비명을 질러, 평소 같으면 아무것도 아닌 일을 할 수 없게 되는 증세죠."

히로코는 비어 있는 보드 구석에 더 써넣었다.

　목소리가 나오지 않는다거나?

"네, 그런 것도 있는 것 같아요. 그 연극에서는 우반신이 굳어지는 것이었지만."

그런 것으로도 연극을 하나. 흥미가 생긴 히로코는 또 물었다.

　그래서 어떻게 됐어요?

사쿠라이는 별것 아니라는 듯이 말했다.

"단순했어요. 우반신 불구가 된 아내와 불륜을 하는 남편이 같은 침대에서 자는데, 실은 남편은 아내의 오른쪽에서 자요. 남편에 대한 거부 반응으로 우반신 마비가 된 거죠. 뭐, 그런 겁니다."

기름기 없는 머리가 스륵 이마에 드리워졌다. 바닥에 앉아서 올려다보니 회사에서는 그저 그렇던 사쿠라이의 얼굴이 아주 섬세해 보였다. 히로코는 입으로는 말하기 곤란한 것도 왠지 화이트보드에서는 무리 없이 쓸 수 있는 게 신기했다.

사쿠라이 씨, 머리가 좋네요. 존경스러워요.

사쿠라이는 어깨를 으쓱했다.
"존경하지 않아도 돼요. 어차피 난 그냥 관객이니까."
의미를 알 수 없어서 히로코는 마커펜 든 손을 쉬었다. 사쿠라이는 테이블 위에 준비해 둔 전화번호부에 손을 뻗쳤다. 히로코가 미리 포스트잇을 붙여둔 페이지를 펼쳤다.
"아까부터 걸렸는데요. 전화도 못 하는데 전화번호부는 어쩌려는 걸까 싶어서. 무사시 클리닉 신경정신과. 여기다 전화를 하면 되는 거죠. 예약은 언제로 할까요?"
히로코는 사쿠라이를 멍하니 바라보고 있는 자신을 발견하고, 아차 싶었다. 재색 슈트를 입은 왕자님이라도 보는 눈으로 보고 있지 않았을까. 허둥지둥 펜을 들고 써서, 글씨가 이상해졌다.

내일 아침 열 시로 부탁해요.

사쿠라이는 능숙하게 전화를 걸었다. 목소리가 나오지 않는데 감기 증세는 아니라고, 동네 내과에서 신경정신과를 권했다고 간결하게 설명했다. 이 사람은 회사에서는 멍한 척하는 것뿐인 건가. 그날 저녁에는 아주 민첩했다. 예약 전화를 마치자 바로 소파에서 일어섰다.

"그럼 나는 이만."

좀 더 있다 가라고 쓸 새도 없이 사쿠라이는 현관 쪽으로 가버렸다. 히로코는 복도를 걸어가면서 휘갈겨 썼다.

이 은혜는 언젠가 꼭 갚을게요. 정말 고마워요.

"네, 언젠가 꼭."

사쿠라이는 코트에 팔을 끼우면서 손을 흔들고 현관을 나갔다. 찰칵하고 금속음이 크게 나고, 히로코는 썰렁한 집에 혼자 남았다. 거실로 돌아와 사쿠라이의 문병 비닐봉투를 열어 보았다. 흰죽, 매실, 콘소메 수프, 복숭아 통조림과 빨간 망에 든 귤. 귤 색이 이렇게 산뜻한 오렌지색이었던가. 넉넉히 이틀분은 될 양이었다. 이렇게 많이 사 올 거라면, 오늘 저녁 정도는 같이 먹고 가도 좋았을 텐데. 히로코는 주방으로 가서 흰죽 레토르트를 데우기 위해 냄비에 물을 부었다.

히로코가 회사에 간 것은 나흘째 오후였다. 오전에 들른 신경정신과 클리닉에서는 젊은 여의사가 시원스럽게 말했다.

"히네노 씨 같은 증세는 심인성 언어 장애라고 합니다. 남자 친구가 말한 대로네요. 옛날에는 히스테리라고 했지만, 지금은 신체 표현성 장애의 한 종류로 보죠."

사쿠라이와는 그런 관계가 아니었지만, 히로코는 그리 싫지만도 않은 기분이었다. 그 밖에도 다른 증세가 있는지 필담으로 묻자, 화장을 곱게 한 의사는 이렇게 말했다. 예쁘지만 피부가 좀 거칠다.

"네, 보이지 않게 되기도 하고, 손발이 움직이지 않게 되기도 하고, 무통증이 되기도 하고. 섹스할 때 불감증이 되는 사람도 있어요. 먼저 원인이 된 불안과 스트레스를 찾아서 해소법을 천천히 찾아보죠. 일상생활은 불편하지만, 목소리가 나오지 않는 만큼 주위 사람들이 신경을 써 주니, 히네노 씨에게 부담은 덜해질 거예요. 지금은 무리하지 말고 그냥 의지하세요. 그런데 최근에 심하게 상처를 받은 적 없으세요?"

히로코에게는 짚이는 일이 아무것도 없었다. 고개를 가로저었다. 의사가 말했다.

"좋습니다. 신체 표현성 장애는 젊은 여성 사이에서 아주 흔한 증세죠. 특별한 것도 아니고, 큰 병도 아니니, 천천히 카운슬링으로 고쳐봅시다."

하지만 히로코는 천천히 그럴 여유가 없었다. 회사에 계속 다니지 않으면 월세도 내지 못하고 생활도 해 나갈 수 없다. 경리여서 숫자만 다루는 것이라면 말을 할 일도 없지만, 영업부에서 넘겨준 전화도 받아야 하고, 사장에게 입출금 보고도 해야 한다.

사장에게 사정을 설명한 편지를 전하고, 히로코는 오후 내내 쌓여 있던 전표를 정리하고, 오로지 외근 나간 사쿠라이가 돌아오기를 기다렸다. 사장은 자금 조달 문제만으로도 머리가 꽉 차서, 히로코의 증세 같은 건 신경도 쓰지 않는 것 같았다. 네 시 반이 지나 돌아온 사쿠라이의 얼굴을 본 순간, 히로코는 화이트보드를 들이댔다.

오늘 저녁에 맛있는 것 쏠게요, 시간 좀 내주세요. 의논할
것도 있고.

사쿠라이가 곤란한 얼굴을 했다.
"오늘은 공연이 있어요. 간신히 구한 표여서."

히로코는 두 손을 머리 위로 모으고 기우제 지내는 사람처럼 고개를 숙였다. 소리가 나오지 않으니까 이렇게 감정 표현이 풍부해지다니, 스스로도 의외였다. 사쿠라이는 한숨을 쉬고 말했다.

"알았어요, 알았어. 오늘 밤에는 재공연이니 뭐 포기하죠. 그럼 요전의 위문품 대신 초밥이라도 얻어먹을까나."

여자 나이 삼십 대로 긴자에서 직장 생활을 하다 보면, 그리 비싸지 않고도 재료가 신선한 초밥집 한 곳쯤은 안다. 히로코는 주먹을 꽉 쥐고 가슴을 쳤다. 사쿠라이가 웃으며 말했다.

"큰 배를 탄 기분으로 내게 맡겨라."

히로코도 웃으며 끄덕였다. 필담에 어울려 준다면, 그 정도의 비용 지출은 아무것도 아니다. 목소리를 잃어버린 지금, 히로코는 대화에 굶주려 있다.

원목 카운터에 앉아 미지근한 청주로 건배한 뒤, 히로코는 바로 화이트보드를 꺼냈다. 초밥은 주방장에게 맡겼다. 제일 먼저 흰 살 생선 초밥이었다. 히로코는 썼다.

　　소리를 잃은 원인은 역시 스트레스나 불안이래요. 그런데
　　전혀 짐작 가는 일이 없어요.

사쿠라이는 보드를 홀끗 보고, 학꽁치 초밥을 한 개 집었다.
"그렇게 되면 좀 힘들겠네요."

어째서요?

사쿠라이는 웃지도 않고 말했다.
"이유를 모르면 그 스트레스를 가볍게 할 방법을 모르잖아요.
목소리가 나오지 않는 상태가 오래가게 되겠죠."

불안과 스트레스라. 히로코는 자신이 처한 상황을 생각해 보
았다. 서른세 살, 독신, 저금은 불안할 정도로 약간. 남자 친구,
애인 모두 없음. 일은 승진 같은 건 생각할 수 없는 영세기업 사
무직. 친구들은 모두 착하지만 저금과 마찬가지로 적고, 성격은
삐딱하고, 몸은 아무리 먹어도 살이 찌지 않는 대신 전봇대처럼
굴곡이 없다. 무서운 것은, 그러잖아도 빈약한 가슴과 엉덩이마
저 서른이 넘으니 처지기 시작했다는 점이다. 히로코는 깊이 한
숨을 쉬었다. 보드에 쓰는 글씨도 왠지 힘이 없어졌다.

　불안은 너무 많아서 다 쓸 수 없을 정도.

그리고 엽서 크기의 비젠산 접시에 생선회를 올려놓는 대로
바로 먹어버리는 사쿠라이를 바라보았다. 찌를 듯이 빈정거리
면서 의외로 따뜻한 면도 있고, 전혀 불안이란 걸 느끼지 않는

사람 같다. 그때까지 히로코가 몰랐던 타입이다. 솔직하게 썼다.

    사쿠라이 씨는 전혀 불안 같은 게 없어 보여요.

  사쿠라이는 얇게 썬 양하까지 깨끗하게 해치우고 간단히 말했다.

"네, 없어요."

  히로코는 고개를 갸웃거리며 사쿠라이를 보았다. 그것만으로 무엇을 묻고 싶어 하는지 안 것 같았다.

  "왜냐하면 포기했거든요. 대학을 졸업하고 사회에 나온 지 벌써 팔 년째네요. 회사에서 내가 어떤 일을 할 수 있는지도 이제 잘 알아요. 그건 별로 대단한 일이 아니며, 회사라는 곳에 내가 잘 맞지 않는다는 것도 알았어요. 앞으로는 꺄악하고 놀랄 일도 로맨틱한 일도 일어나지 않을 겁니다. 나이만 먹어갈 뿐이죠. 기대 같은 것 하지 않는 편이 좋아요. 그러면 불안도 없어져요."

  히로코는 납득이 가지 않았다. 사쿠라이의 현명함과 섬세함은 어딘가 다른 장소를 만나면 더욱 빛이 날 것 같은 느낌이 들어서였다. 어떻게 써야 좋을지 천천히 생각하다, 화이트보드에 마커펜을 달렸다.

이 회사 다음 단계는 생각하지 않았어요?

사쿠라이는 대각선으로 칼집을 내어 은색으로 솔질을 한 것 같은 전어 초밥을 부드럽게 내려다보고 있었다.

"예쁜 초밥이네. 먹기가 아까운걸. 아마 몇 년 지나면 작은 광고 회사 정도는 차릴 수 있을지도 모르죠. 그런데 열심히 해서 거기까지 가 봐야 우리 사장님처럼 자금 조달하느라 애먹을 게 뻔하고. 지금도 이 닥터마틴, 한 해에 세 켤레가 닳는걸요. 책임도 무거워지고, 별로 좋은 일 같진 않아요."

작은 회사에서 자금 굴리는 것이 얼마나 힘든지를 직접 보고 있는 히로코로서는 뭐라고 할 말이 없었다. 전어는 한입에 사라져 버렸다. 사쿠라이가 말했다.

"그렇지만 앞으로의 인생에 절망 같은 건 없어요. 히네노 씨는 내가 도쿄 출신인 건 알죠?"

히로코는 끄덕였다.

"나는 내가 주인공을 하지 못할 거란 걸 안 뒤에 결심했어요. 앞으로는 그냥 관객으로 살아가자. 그것도 되도록 좋은 관객으로."

그것이 요전에 한 수수께끼 같은 말의 의미였던가. 하지만 지금은 히로코도 무언가 쓰지 않을 수 없었다.

평생 그냥 관객으로 지내는 건 외롭지 않아요?

사쿠라이가 밝게 웃으며 말했다.

"외롭지는 않아요. 도쿄에는 볼 만한 것이 많아요. 전 세계에서 모이잖아요. 좋은 관객이 되는 것도 힘들어요. 사기꾼 같은 놈이나 나쁜 놈은 퇴장시키고, 이 사람 괜찮구나 싶으면 되도록 응원하고. 그러면서 연극, 공연, 영화, 미술을 보는 것이 굉장히 즐거워요. 지금은 소극장에 빠져 있지만."

수동적이었다 해도 상관없다. 히로코에게 지난 몇 년, 밤거리에 나가는 것이 즐겁구나, 생각했던 취미가 있었던가. 그래도 히로코는 사쿠라이가 너무 아까워서 쓰지 않을 수 없었다.

성공하고 싶다는 생각은 하지 않아요?

사쿠라이는 다음 초밥에 손을 뻗었다. 우유를 가득 채운 듯이 뽀얀 자연산 줄무늬전갱이다.

"으음, 듣고 보니 자신이 없어서 도망치는 부분도 있을지 모르겠군요. 그러나 우리 회사 오하라 씨처럼 어지간히 실력이 있지 않으면 지금은 독립하는 것도 힘들고."

오하라는 세 명 있는 크리에이티브 디렉터 중 가장 젊다. 나이는 서른여섯 살. 일도 잘하고 대기업 광고 회사와의 관계도 좋아서 애쉬의 일을 6할 가까이 담당하고 있다. 말주변과 수단이 뛰어났다. 외모는 어딘가 이성의 눈을 끄는 경박한 매력이 있었다. 어, 이상하네. 기묘하게 히로코의 가슴이 출렁거렸다. 사쿠라이의 말은 계속되었다.

"그럼 이 이야긴 회사 사람들한테 비밀이에요. 난 사실 작은 연극 전문지에 연극 평 칼럼을 맡고 있어요. 전혀 돈은 되지 않지만, 글을 쓰는 것이 정말 즐거워요. 어, 히네노 씨, 울어요?"

히로코는 자신도 잘 알 수 없었다. 오하라의 이름을 듣고 갑자기 눈물이 쏟아진 것이다. 좀 고급스러운 긴자 초밥집 카운터 앞에서 서른 넘은 여자가 눈물을 주룩 흘리다니, 평소 같으면 히로코의 미학이 용서하지 않는다. 그러나 눈물은 끊임없이 흘렀다. 사쿠라이가 당혹스러운 표정을 지었다. 히로코는 이 사람은 당혹스러워하는 표정조차 품위가 있구나 생각했다.

"히네노 씨, 왜 그래요?"

대답을 하고 싶었지만, 목소리는 여전히 어딘가 간 채로다. 오하라는 히로코가 입사했을 때, 제일 처음 동경했던 사람이었다. 복도 끝에 있는 여자 화장실에서 우연히 그 얘기를 들은 것은 지난주였다. 오하라가 이십 대 초반의 여성 디자이너에게 놀림을 받고 있었다.

"마녀 경리가 오하라 씨한테 마음이 있는 것 같던데요."

오하라가 짧게 웃음소리를 냈다.

"그런 말 하지 마. 토할 것 같아. 그 여자 완전 아줌마잖아. 만날 경비 가지고 툴툴거리기만 하고, 분명 아직 숫처녀일걸."

디자이너는 새된 목소리로 신나서 말했다.

"에이, 그럴 리가요. 우리 사장님하고 그렇고 그렇다는 소문이 있던걸요."

그때 히로코는 얇은 문 너머에서 멋대로 떠들어라, 하고 생각했다. 상처를 입거나 하진 않았다. 손가락 끝이 차가워진 것은 겨울의 찬물에 손을 씻은 탓이다. 그 증거로 오 분 뒤에 화장실에서 나와, 히로코는 언제나처럼 경리 일을 완수했다. 지금 사쿠라이에게 오하라 이름을 들을 때까지는 그런 일이 있었던 것조차 잊었을 정도다. 사쿠라이가 걱정스럽게 물었다.

"괜찮아요? 이상해 보이는데."

히로코는 고개를 저을 수밖에 없었다. 재미있다는 듯이 눈물은 계속 솟구쳤다. 늦게 도착한 편지처럼 그때의 분함이 몸속에서 겨우 녹아내리기 시작한 것 같았다. 무엇보다 그런 남자에게 연심을 품었던 자신이 분했다. 히로코는 언제나 남자를 보는 눈이 없었다. 사쿠라이가 말했다.

"속이 안 좋으면 그만 나갈까요?"

히로코는 묵묵히 고개를 가로젓고, 줄무늬전갱이를 입에 밀어 넣었다. 이 가게에서 두 사람분의 초밥 값이라면 히로코의 열흘 치 식비와 맞먹는다. 그런 놈 때문에 기껏 먹는 맛있는 음식을 망친다면 아깝기 그지없다. 히로코는 울면서 씩씩거리며 모양이 예쁜 초밥을 입에 넣었다.

피조개를 먹고, 장어를 먹고, 갑오징어와 새끼 방어를 먹었다. 다른 재료보다 천천히 시간을 들여 성게와 참치 뱃살을 맛보았다. 완전히 만족하고 나니, 눈물도 저절로 들어갔다.

사쿠라이가 그런 히로코를 웃으면서 보고 있었다.

"배가 고파서 울었어요?"

히로코는 사쿠라이의 농담에 소리 죽여 웃었다. 그때였다. 목 근처까지 무언가 따뜻한 것이 되돌아왔다. 그것이 무엇인지 히로코는 알고 있었다. 지난 사 일 동안 잃었던 자신의 목소리다. 마음이 담긴 자신의 목소리였다. 히로코가 썼다.

목소리를 잃은 원인이 무엇인지 안 것 같아요. 사쿠라이 씨, 고마워요. 지금 한 농담으로 어딘가로 여행을 갔던 목소리가 목 바로 밑까지 돌아왔어요.

사쿠라이는 냉정한 관객의 시선으로 히로코를 바라보았다.

"잘됐네요. 그럼 2차는 내가 쏠 테니 근처 바로 갈까요."

히로코는 웃으며 끄덕이고, 화이트보드에 썼다.

그렇게 나와야죠.

나미키 거리의 가로수에는 일루미네이션이 켜지고, 가스등을 모방한 가로등은 파란 유리를 통해 차가운 빛을 뿌리고 있었다. 히로코와 사쿠라이는 커플로 가득한 보도를 어깨를 나란히 하고 걸었다. 해외 브랜드 진열장을 보며 자신의 연봉에 맞먹는 보석이나 손목시계에 한숨을 쉬었다. 하지만 그럴 때도 사쿠라이가 함께여서 전혀 분하지 않았다.

사쿠라이의 말대로 좋은 관객이 되면 된다. 소재나 디자인의 아름다움을 즐기고, 그곳에서 무언가를 자신의 마음에 옮기면 된다. 감히 손도 대지 못할 고급품이지만, 보는 즐거움은 있다. 최근 갓 오픈한 파리의 한 브랜드 플래그십 스토어는 가게 앞 테라스가 넓고, 바닥은 거울을 붙인 듯이 매끈한 대리석이었다. 사쿠라이가 하이힐을 신은 히로코를 챙겼다.

"여기 미끄러우니까 조심하세요."

그 말을 듣고 뒤를 돌아보았을 때, 사쿠라이의 발밑이 위험했다. 재색 바지를 입은 다리가 엉킨 것 같았다. 테라스 옆은 길에서 네다섯 칸 높은 계단이었다. 히로코는 엉겁결에 소리를 질렀다.

"사쿠라이 씨, 위험해요!"

사쿠라이는 다리가 엉킨 채 가볍게 뛰었다. 슝 하고 착지를 하더니, 계단 아래 길에 서서 웃으며 히로코를 올려다보았다. 히로코는 무슨 일이 일어났는지 알 수 없었다. 사쿠라이가 하얀 입김을 뿜으며 말했다.

"봐요, 지금, 히네노 씨 소리를 냈어요."

목에 닫혀 있던 뚜껑이 놀라서 열린 것 같았다. 이번에는 편하게 말을 할 수 있었다.

"무슨 말이에요, 사쿠라이 씨. 지금 일부러 그런 거예요?"

사쿠라이가 태연한 얼굴로 돌아왔다.

"네. 난 학생 시절에 연극부에서 활동했거든요. 바닥이 돌이긴 하지만, 쓰러지는 척하는 정도라면 지금도 간단해요. 아까 조금만 더 하면 소리가 나올 것 같다고 했잖아요. 작은 충격 요법이죠."

"아이, 뭐예요."

히로코는 화낸 척하면서 돌아온 자신의 목소리를 아주 신선하게 들었다. 이 소리가 멀리 가 버린 덕분에 이렇게 사쿠라이의 좋은 면을 많이 발견할 수 있었다. 이제는 히스테리, 신체 표현성 장애에 감사하고 싶을 지경이었다. 사쿠라이는 계단을 천천히 올라왔다.

"추우니까 얼른 다음 바에 가요."

화이트보드에 쓸 때의 버릇이 아직 남아 있는 것일까. 히로코
는 스스로도 놀라울 만큼 직접적으로 말했다.

"오늘 밤에는 내 목소리가 돌아온 기념으로 마음껏 마셔 버려
야지."

사쿠라이가 약간 상기된 얼굴로 웃었다. 히로코의 화이트보드
를 받아 들더니, 펜으로 쓱쓱 썼다.

> 좋아요. 그러나 지금 가는 가게는 내 단골집이니까 갑자기
>
> 우는 건 삼가 주세요.

히로코는 알았다고 말했지만, 머릿속으로는 전혀 딴 생각을
하고 있었다. 오늘 밤은 취한 척하고 사쿠라이를 우리 집으로 데
리고 가는 것도 나쁘지 않을지 모른다. 나도 서른을 넘었다. 남
자를 유혹하는 방법 몇 가지쯤 실전으로 알고 있다. 안 되면 쓰
러뜨려 버리면 된다.

"가요."

사쿠라이가 반코트를 펄럭이며 앞장섰다. 히로코는 발끝을 세
워 미끄러운 대리석 테라스 위를 강아지처럼 조심조심 쫓아갔다.

옛 남자 친구

"그러니까 말이야, 일본 사회는 남자를 위해 남자가 만든 거라고."

가와이 하루카는 바닥에 거품만 남은 맥주잔을 테이블에 돌려놓으며 그렇게 말했다. 정면의 와인셀러 유리문에 취기와 분노로 눈이 번쩍거리는 여자가 비쳤다. 눈 밑이 좀 처지기 시작한 것이 걸리지만, 벌써 삼십 대 중반이니 어쩔 수 없을지도 모른다. 자신은 언제부터 이렇게 험상궂은 얼굴이 된 걸까.

"근데 요전까지만 해도 너희 회사는 남녀차별 별로 안 한다고 하지 않았니?"

옆 스툴에 앉은 사람은 대학 친구로, 유일한 독신이며 일을 계속하고 있는 엔도 가즈미. 그곳은 시부야 번화가에서 떨어진 조용한 오피스 거리에 새로 생긴 와인 바였다. 학생이나 아이들이 없는 차분한 가게다. 콘크리트가 그대로 노출된 지하로 내려가면, 한쪽 벽이 스테인리스와 유리 와인셀러로 되어 있는 모던한 인테리어다. 하루카는 연하의 잘생긴 바텐더에게 생맥주를 한 잔 더 주문하고 말했다.

"그랬었지. 그런데 작년 12월로 모든 게 바뀌었어."

가즈미는 곁눈으로 하루카를 보더니 포기한 듯이 말했다.

"얘기하지 말라고 해도 하루카한테는 무리겠지. 네네, 들어줄 게요. 다 털어놓아 보세요. 어차피 무슨 콜인가 하는 얘기지?"

하루카는 끄덕이더니, 단숨에 분노의 말을 쏟아냈다. 하루카가 다니는 곳은 중견 문구 회사로, 하루카는 문구점이 아니라 일반 회사에 직판을 담당하는 영업팀에 몸을 담고 있다. 그 팀에서는 큰 회사에는 정기적인 영업 퍼슨(이것이 사내의 정식 명칭이다)이 얼굴을 내밀지만, 영세한 중소 거래처에는 한 해에 몇 번 전화로 영업하는 것이 관례가 되어 있었다. 이 법인 고객을 개척해서 영업하는 것이 문제였다. 가즈미가 성의 없는 모습으로 끼어들었다.

"그 콜이란 게 대체 몇 통이나 거는 건데?"

하루카가 눈을 커다랗게 뜨고 말했다.

"457통. 이걸 일 년에 네 번, 계절마다 거니까 합계 1,828통."

"어머, 그건 힘들겠구나."

하루카는 방금 나온 맥주를 단숨에 열나는 배 속으로 반쯤 홀려 넣었다.

"물론 자기가 맡은 거래처는 확실히 관리한 다음에 전화를 마구 걸어대는 거야. 나도 입사한 지 십 년 이상이나 되었다고. 그런 전화는 원래 신입이 할 일이잖아."

하지만 요즘 불경기인 하루카 팀에 이미 오 년째 신입 보충이 끊겼다. 그리로 작년 가을에 간신히 다른 부서에서 서른 살의 남자 사원이 왔다.

가즈미는 루비처럼 투명한 부르고뉴 잔을 눈높이로 들었다.

"축하해. 한 해 2,000통 가까운 전화는 그 남자에게로 갔구나."

하루카는 마지못해 끄덕였다.

"맞아. 그러나 길게 가진 못했어. 그 사람 자체는 우수하고, 나쁜 사람이 아니지만."

그 남자는 인사부에서 온 엘리트 후보생이었다. 명문대를 나왔고 사내 평판도 좋았다.

그러나 일주일 정도 영업 전화를 계속 걸다가 점차 우울증에 빠지게 되었다. 가즈미가 조심스럽게 물었다.

"그 전화란 게 힘들어? 전혀 매출과 연결되지 않아?"

"일단 우리 회사 이름은 통하지만, 거의 스팸 영업 같은 거니까 심할 때는 지긋지긋하다고 한소리 듣고 끊을 때도 있어."

그러나 자잘한 주문을 받을 때도 있고, 400개가 넘는 회사에 전화를 걸다 보면 개중에는 사무실 리뉴얼 계획을 하는 곳도 있다. 하루카네 회사에서는 사무실 디자인이나 오피스 가구 같은 것도 취급해서, 2,000통의 전화를 걸다가 그중 몇 곳 리뉴얼 공사를 따게 되면 충분히 본전을 건진다.

"그래서 엘리트 후보생이 점점 이상해지더니 회사도 걸핏하면 결근하는 거야. 원칙대로라면 그 사람을 불러서 따끔하게 주의를 줘야 할 텐데, 우리 과장이 부른 사람은 나였어."

가즈미도 다음 말은 거의 예상했던 바였다. 다른 회사에 다니는 친구들에게도 자주 듣는 얘기다.

"가와이 씨, 미안하지만 자네가 전화를 맡아 주지 않겠나. 이대로는 우리 팀 사기도 문제고, 그 친구도 이제 서른이잖아, 이러는 거야."

"그건 아니지."

하루카는 같이 한숨을 쉬어 주는 가즈미의 존재가 기뻤다.

"나도 그랬어. 그럼 같은 삼십 대인데 여자라면 어떤 일을 시켜도 되는 거냐고. 그런데 과장은 미안, 미안, 이라는 말뿐이야."

"그래서 동료들은 어땠어?"

"하나도 쓸모 없었지. 내가 버티고 있으니 팀 분위기가 점점 나빠져서, 할 수 없이 마지막에는 맡게 됐어. 남자란 건 정말로 교활해."

하루카는 또 맥주잔을 비웠다. 가즈키는 묵묵히 친구의 분노를 들어 주었다.

"남녀평등이니 남녀 공동 참여 회사니 떠드는 남자일수록 사기꾼 아닌 인간이 없다는 걸 알았어. 하여튼 노조 사람들 전혀 도움이 안 되었다니까. 평소에는 그럴싸한 말만 하는 주제에 결국에는 남자 편을 들더라고. 게다가 최악은 다들 마지막에 하는 말이 똑같다는 거야."

"뭔데, 그게?"

"요컨대 이건 누구 책임도 아니다. 신입이 들어오지 않는 것도, 영업 전화를 외주로 맡기지 못하는 것도 이 불경기 탓이라는 거야. 나쁜 것은 지금 일본의 이 축축한 공기라고."

또 한숨 두 개가 포개지고 한동안 침묵이 흘렀다. 하루카의 목소리는 알아들을 수 없을 만큼 낮아졌다.

"나, 사표도 한 번 썼잖아. 그렇지만 위에다 올리진 못했어. 아직 우리 회사에서 하고 싶은 일이 있으니까. 여기서 물러나면 그게 전부 끝이거든. 상품기획부로는 해마다 이동 신청을 내고 있어. 그래서 오늘도 서른 통이 넘는 전화를 걸 수 있었을 거야. 겨우 볼펜 두 다스 팔았지만."

가즈미는 하루카의 꿈을 들은 적이 있다. 지금 다니는 회사에서 여성을 대상으로 한 만년필과 편지지 세트를 기획하는 것이다. 하루카의 취미는 필기도구를 모으는 것이었다. 까르띠에, 듀 폰, 던힐이라고 하면 잡화를 생각하겠지만, 이들 회사에서는 실 용성과 아름다움을 갖춘 만년필을 발매하고 있다. 가즈미도 투 명한 아크릴 케이스에 꽂아 놓은 하루카의 만년필 컬렉션을 본 적이 있다. 색색의 셀룰로이드 몸체에 금, 은, 로듐 세공, 개중에 는 금은 가루를 뿌려서 그림을 그리거나, 청금석이나 사파이어 등의 보석을 박은 것도 있다. 특히 최근에는 이탈리아 공방이 유행이어서 야심작이 연달아 발표되고 있다. 세계에서는 조용 하게 만년필 붐이 일고 있는 것이다. 하루카가 보너스를 탈 때 마다 사 모은 만년필은 이미 스무 자루 가까이 된다. 모두 잉크 를 채워서 언제라도 사용할 수 있도록 해 놓았다. 가즈미가 말 했다.

"그러게, 아직 꿈의 만년필을 만들지 않았지."

하루카는 말없이 끄덕였다. 왜 모두 손목시계에만 관심이 많은 지 이해가 가지 않는다. 까르띠에 최고급 손목시계라면 200만 엔은 한다. 하지만 그 20분의 1 가격으로 같은 브랜드의 최고급 만년필을 손에 넣을 수 있다. 기껏 해외 리조트에 가서 비치된 볼펜으로 그림엽서를 쓰는 건 시시하지 않은가. 애용하는 만년 필에 남쪽 하늘을 응축해 놓은 듯한 청록색 잉크라도 넣어서 글 씨를 쓰면 얼마나 마음이 부자 같아지겠는가. 손목에 무거운 금속 덩어리를 달고 다니는 건 촌스럽다. 금 펜 끝에서 전해지는 섬세한 필감을 손가락 끝에 느끼면서 자신의 말을 적어나가는 게 훨씬 멋있지 않나. 하루카는 자신이 소수파인 것이 마음에 들지 않았다. 가즈미는 바텐더에게 맥주 두 잔을 더 주문했다.

"그렇구나. 그만두지 않을 거면, 열심히 해야겠지. 적어도 과장에게는 빚이 하나 생긴 거네. 그보다 연애는 요즘 어때?"

만년필 생각을 하고 있던 하루카의 표정이 흐려졌다.

"나쁜 일은 겹치잖아. 정확히 석 달 전에 헤어졌어."

가즈미에게도 지금 만나는 남자가 없다는 것을 하루카는 알고 있었다. 가즈미는 어떻게 헤어졌는지, 이별 이야기를 고대하는 것 같았다.

"그래서, 그래서 누가 찬 거야?"

남자뿐만 아니라 여자에게도 문제점은 있는 것 같았다. 와인 셀러 문에 몸을 앞으로 내미는 가즈미가 비쳤다.

"그쪽이 찬 거라고 해야 하나. 그렇지만 나도 별로 끌리진 않았어."

가즈미가 유감스러운 듯이 말했다.

"또 안 됐구나. 하루카는 다케히로 씨하고 헤어진 뒤로 도통 길게 가질 않네."

그러네, 하고 하루카는 끄덕였다. 생각해 보니 정말로 다케히로와 헤어지고 18개월, 세 명의 남자와 사귀었지만 길게 간 적이 없다. 공통된 친구에게 너무 긴 봄이네, 질긴 인연이네 별소릴 다 들으면서 다케히로와는 육 년이나 사귀었는데. 가즈미가 잔을 비우고 건배를 청했다.

"생각해 봐야 소용없어. 금요일 밤이니까 실컷 마시자. 마지막까지 내가 어울려 주마."

그래서 하루카는 작정하고 마시기 시작했다. 맥주를 보드카로 바꾸었다. 이제 얼굴도 생각나지 않는 남자 친구와 헤어진 지 석 달이 지났다. 그러고 보니 그 석 달 동안 아무하고도 섹스를 하지 않았다. 대학을 졸업한 이후 최장 기록이다. 그렇게 생각하자, 갑자기 화가 치밀어서 보드카를 하수구에 버리듯이 목구멍으로 흘려 넣었다.

마지막 전철을 타고 시부야에서 후타코타마가와의 집에 도착한 것은 새벽 한 시가 조금 지나서였다. 책상 위의 전화에 부재 중 메시지 램프가 깜박거렸다. 재생 버튼을 눌러 보니 아무것도 녹음되어 있지 않았다.

하루카는 간단하게 샤워를 한 뒤 위아래 트레이닝복에 카디건을 걸치고, 독신용의 작은 냉장고 앞에 앉았다. 아직 술이 부족한 기분이 들었다. 집에서 마실 때, 하루카가 좋아하는 것은 냉동실에 얼려 둔 보드카에 소다수를 부어 마시는 것이었다. 와인이나 청주 같은 발효주는 다음 날 아침에 취기가 남는 체질이다.

외식이 많은 식생활을 생각해서 키가 큰 잔 가득 따른 보드카소다에는 라임 반쪽을 손으로 짜 넣었다. 냉장고 안에는 언제나 양손에 넘쳐나는 수의 라임이 뒹굴고 있다. 부족한 비타민도 보급할 수 있고, 라임의 신맛과 함께 희미하게 단맛도 즐길 수 있다.

소리를 죽인 심야 텔레비전을 보면서 한입 가득 마셨다. 뜨겁게 샤워를 한 뒤에 얼음 온도에 가까운 보드카소다는 최고였다. 하나의 음료 속에 뜨거움과 차가움이 동시에 존재한다. 이런 남자가 있다면 당장 사귈 텐데.

하루카는 주말 이틀 동안, 별다른 계획도 세우지 않았다. 오랜만에 만년필 손질이나 하고 잉크를 봄스러운 색으로 바꿀까. 검은색과 진한 남색 말고도 잉크에는 여러 가지 색이 있다. 초록색, 라벤더, 보르도, 버건디, 특이한 색으로는 회색이나 세피아도 있다. 침대 끝에 기대서 잉크 상자를 보고 있는데 전화가 울렸다.

이런 시간에 휴대전화가 아니라 집 전화를 거는 사람은 누굴까. 상대가 누구든 대화를 나눌 수 있다면, 그리 나쁘지 않다. 주뼛거리며 겁먹은 남자의 목소리가 귓가에 들려왔다.

"여보세요. 가와이 하루카 씨인가요?"

"네, 그런데요."

"기억나?"

순간 하루카는 누구의 목소리인지 알 수 없었다. 어느 바에서 만나 하룻밤 관계를 가진 누구인 걸까. 하루카는 연애를 많이 하는 타입은 아니지만, 대학 진학을 위해 니가타 현에서 상경한 지 십여 년, 그런 밤이 두세 번 있었다. 별로 후회하지는 않지만, 식은땀이 났다.

"음, 기억나, 기억나."

전화 상대는 그제야 안심한 것 같았다.

"아, 다행이다. 일 년 반이나 지나서 너 누구야, 할까 봐 걱정했어."

그제야 진짜 기억났다. 육 년이나 사귀었던 사람 목소리까지 잊어버리다니 미쳤나 보다. 전화 상대는 이케바야시 다케히로였다. 다케히로는 은행 계열사인 신용카드 회사에 다니고 있다. 사귀기 시작한 것은 졸업한 뒤부터지만, 같은 대학 선배였다. 하루카의 목소리가 한층 높아졌다.

"오랜만이야. 잘 지냈어?"

"응, 그냥. 넌 어때?"

"난 요즘 최악이야."

"저런, 왜?"

일 년 반 만의 대화는 어쩐지 부드럽게 궤도에 오른 것 같았다. 하루카는 무선 전화기를 들고 불을 끄고, 잔을 한 손에 든 채 침대에 기대 누웠다. 그리고 삼십 분간, 다케히로에게는 지루할지도 모르겠다고 생각하면서, 법인 영업 전화와 남성 사회에 관해 투덜거렸다. 신기하게 다케히로는 적절한 맞장구를 쳐주면서 열심히 들어 주는 것 같았다. 그렇다. 이런 면이 최근의 남자 친구들에게는 절대적으로 부족했다. 애초부터 부정하거나 시끄럽다고 말을 가로막는 게 아니라, 어쨌든 상대의 이야기를 정면으로 듣는 자세다. 하루카의 분노는 다케히로의 쿠션에 흡수되어 점차 사그라졌다. 한숨을 돌리고 난 뒤 하루카가 말했다. 어떻게 불러야 좋을지 망설였지만, 취기를 빌려 옛날처럼 불렀다.

"다케짱은 일 잘돼 가?"

다케히로는 소리 내지 않고 웃는 것 같았다. 애칭으로 불린 것이 기쁠지도 모른다. 이 옛날 남자 친구에게는 사물을 부정적으로 보거나 무시하는 면이 있었다. 옛날에는 그런 게 거슬리기도 했지만, 그날 밤에는 왠지 반갑게 느껴졌다.

"우린 하루카네 회사하고 반대야. 모회사인 은행에서 명퇴한 사람들을 자꾸 보내. 그런데 업무량이나 순서나 지금까지와 똑

같으니까 다들 할 일이 없는 거야. 위에서는 정년까지 월급이나 대주면 되겠지, 라고 생각하는 것 같아."

"흐음, 우리 회사에 인력 좀 나눠 줬으면 좋겠다."

거기서 묘한 침묵이 생겼다. 다케히로는 자연스러움을 가장하고 말했다.

"그런데 하루카, 지금은 남자 친구 있어?"

왠지 시원스럽게 싱글임을 인정하기가 싫어서, 하루카는 다른 얘기를 꺼냈다.

"오늘 밤에 말이야, 아까까지 가즈미하고 술 마셨어."

"아아, 가즈미, 오랜만에 듣는 이름이네."

"가즈미하고 다케짱하고 참 닮았구나, 하는 생각이 지금 문득 들었어."

나는 무슨 말을 하고 싶은 거지. 하루카는 침대에서 몸을 뒤집어 배를 깔고 누웠다. 무언가 중요한 말을 하려는 것 같지만, 그냥 취해서일 뿐인지도 모른다. 다케히로도 자세를 바꾼 것 같았다. 거친 숨소리가 귓가에서 바람처럼 울렸다.

"무슨 말이야?"

"두 사람 다 내 얘기를 끝까지 잘 들어 주잖아. 그리고 돌아오는 반응이 아주 부드러워. 이론을 내세우지도 않고, 마음을 한없이 편안하게 해 줘. 십 년 이상 사귄 여자 친구처럼 얘기를 들어

주는 남자는 좀처럼 없잖아. 다케짱하고 헤어진 뒤에야 그걸 깨달았어."

오호, 하고 다케히로가 말했다.

"오늘 밤에는 아주 솔직한걸."

하루카는 좀 분했다.

"두 사람 다 정신적으로 아줌마가 돼가는 걸지도. 내가 실컷 회사 욕을 하고 난 뒤에 묻는 게 둘 다 똑같다니까. 그건 그렇고, 최근 남자 쪽은 어때? 하고."

새벽 두 시 넘은 시간에 두 사람은 소리를 모아 웃었다. 뭔가 가슴이 설렐 만큼 기뻤다. 심야의 전화는 어째서 이렇게 즐겁고, 상대를 가깝게 느끼는 것일까. 상대의 얼굴이 보이지 않고 목소리밖에 들리지 않으면, 마음과 마음이 직접 맞닿는 것 같은 기분이 든다.

하루카는 담백하게 말했다.

"없어."

다케히로는 의미를 모르는 것 같았다. 침묵했다.

"지금은 만나는 사람 없어. 석 달 전에 헤어졌어."

안 그런 척하려 해도 들뜬 듯한 대답이 돌아왔다.

"그렇구나."

"다케짱은 어때?"

"없어."

진지한 목소리였다. 그 한 마디로 작은 돌멩이라도 던진 듯이 하루카의 가슴에 따뜻한 파문이 번져 갔다. 이럴 때만 수줍음 잘 타는 성격이 나온다.

"지금 다케짱, 목소리 성우 같았어. 미팅에서 자기소개할 때 목소리야."

"아, 예, 그렇습니까. 나도 상대는 없어. 내일도 한가해서 전화 한번 해 봤어."

하루카는 다케히로를 놀리고 싶어졌다.

"아까 부재중 전화 건 사람 다케짱이었지? 정말 가벼운 마음 으로 전화한 거야? 뭔가 수상한걸."

부스럭부스럭 전화 너머에서 다케히로가 움직이는 기척이 났 다. 설마 침대에서 정좌하는 건 아닐 거라고 생각하지만, 그는 의외로 고지식하다.

"그럼 솔직히 말할게. 지난 한 달 동안 하루카한테 전화를 할 까 말까 무척 고민했어. 나도 친구한테 상담했지. 그래서 오늘 밤에는 밤새도록이라도 하루카가 집에 돌아올 때까지 전화를 하려고 마음먹었어. 어쩌면 다른 남자하고 있을지도 몰라서 엄 청 걱정했지만. 그렇게 되면 불쌍한 피에로잖아."

하루카는 다케히로의 솔직함에 감탄했다.

"여러 남자를 봐 왔지만, 잘생긴 남자보다 솔직한 남자가 훨씬 낫더라. 좋겠네, 내가 프리여서."

다케히로는 코웃음 쳤다.

"너야말로 좋겠네. 내가 프리여서."

하루카는 대답하지 않았다. 이럴 때 받아 주면 남자란 것은 바로 기어오른다. 다케히로가 또 진지하게 말했다.

"그래서 내일 말인데 저녁이라도 먹지 않을래?"

"좋아."

"그럼 늘 만나던 커피숍에서 다섯 시에."

"알겠어."

거기서 전화를 끊으면 좋았겠지만, 그 후로도 두 사람은 하염없이 옛날 이야기를 계속했다. 수화기를 내려놓은 것은 커튼이 창문 모양으로 밝아오기 시작한 새벽 다섯 시가 지나서였다. 일 년 반 만의 대화는 네 시간 동안 이어졌다. 그래도 하루카는 더 얘기를 하고 싶을 정도였다.

그곳은 다마가와 역 끝에 있는 자그마한 가게였다. 수제 케이크 종류가 많고, 에스프레소가 맛있는 커피숍이지만, 사람들 통행이 많지 않은 곳에 있는 탓인지 만석이 되는 걸 본 적이 없었다.

햇살이 제법 기울기 시작한 오후 다섯 시, 하루카는 새로 산

봄 투피스 차림으로 유리문을 밀었다. 안뜰과 접해 있는 한 단 낮은 플로어에서 다케히로가 가볍게 손을 들었다. 하얀 가죽 반 코트는 처음 보는 디자인이었지만, 다케히로의 얼굴과 머리 모 양은 달라지지 않았다. 나이를 먹어도 여전히 귀하게 자란 도련 님 인상이다.

하루카는 다케히로의 시선이 자신의 머리부터 발끝까지 재빨 리 움직이는 것을 보았다. 좋아하는 상대일 경우, 남자의 시선이 온몸을 더듬는 것은 절대 나쁘지 않다. 그것은 사귈 때는 다케히 로가 보인 적 없었던 시선이다. 지난 18개월 동안 몸무게가 1킬 로그램 늘었지만, 다케히로에게는 거기까지 여성의 스타일을 간파하는 안목은 없을 것이다. 나이 탓인지 뺨과 목에 살이 처지 고, 얼굴은 전보다 또렷하지 않은 정도다.

하루카는 테이블에 앉자, 학생인 듯한 웨이트리스에게 다케히 로와 같은 더블 에스프레소를 주문했다. 저절로 웃음이 번지는 것을 막을 수가 없었다.

"이렇게 있으니 일 년 반 만이란 게 거짓말 같다."

"그러게. 잘 잤어?"

다케히로는 또 성우 목소리가 되어 있다. 하루카는 새벽에 잠 자리에 들어서 한낮이 지나 일어났다. 가벼운 브런치를 먹은 뒤, 평소보다 정성껏 집 청소를 했다. 사귀던 시절에는 다케히로가 밤에 한잔한 뒤 하루카의 맨션에 자러 오는 일이 많았다. 이상한 기대는 하지 않는 편이 좋다고 자신에게 말하면서도, 방 구석구석 청소기를 두 번씩 돌리는 손을 멈출 수 없었다. 천진난만한 표정의 다케히로에게 말했다.

"실컷 얘기하고 나니 개운해져서 푹 잘 잤어."

"그랬구나. 난 전혀 못 잤어. 몇 번이나 이상한 꿈을 꾸다 깨고. 좀 흥분했나 봐."

자기 생각을 하느라 남자가 잠을 못 잤다는 말을 듣는 것은 기분 좋다.

"다케짱도 하나도 안 변했네."

다케히로는 에스프레소를 마시자, 창 너머 정원에 심어놓은 느티나무로 시선을 보냈다. 작은 물고기 같은 어린잎이 가느다란 가지 끝에 빼곡하게 몰려 있다.

"이제 서로 어른이 된 건지도 모르지. 적당히 지쳐 있으니 만날 때마다 몰라볼 정도로 나아지는 일은 없을 거야."

하루카는 삼십 대 중반인데도 훨씬 젊어 보인다는 말을 하려는 것이었는데, 다케히로는 그렇게 느끼지 않는 모양이었다. 확실히 앞으로는 얼굴도 체형도 천천히 늙어가는 것만 남았을지도 모른다. 다케히로는 무언가를 떠올린 듯이 혼자 웃고 있었다.

"난 아직 대학 시절의 하루카를 기억해. 여름 내내 같은 체크무늬 원피스를 입었지."

회청색과 크림색의 큼직한 체크무늬가 든 여름 원피스였다. 늘 같은 걸 입고 다닌 건 아니지만, 하루카가 좋아하는 옷이었던 건 틀림없다.

"자기도 만날 같은 청바지에 폴로셔츠나 티셔츠만 입었으면서."

"맞아, 맞아. 그때는 다들 그랬지. 열심히 아르바이트해서 메이커를 사도, 제일 싼 것밖에 못 샀어. 해수욕장에 가도 호텔비가 아까우니까 모래사장에 텐트를 치고 쪼그려 잤지."

다케히로는 손끝으로 부드러워 보이는 옷깃을 만지작거렸다. 자신들은 어느새 나름대로 여유로워지고, 그만큼 무언가를 잃었을지도 모른다. 다케히로는 하루카의 얼굴을 물끄러미 바라보았다.

"그래서 말이야, 대학을 졸업한 뒤 처음 하루카를 만났을 때 깜짝 놀랐잖아. 오, 어른이 다 됐네, 하고. OL이라는 말이 뭔가 가벼운 느낌이지만, 원래는 레이디니까."

다케히로는 그 단어만 영어 발음으로 말했다. 하루카는 웃는 얼굴로 맞받아쳤다.

"그러게. 바로 데이트 신청했잖아. 이렇게 박력 있는 사람이었나 싶었어."

"평소에는 별로 대담하지 않아. 그렇지만 그때는 생각보다 먼저 행동으로 옮겼지. 이 기회를 놓쳐서는 안 된다, 하는 본능이었을지도 몰라. 그 후로 그런 식으로 여자를 꼬인 적이 없거든."

아직 알코올을 마시지 않았는데, 하루카는 구름 위에 있는 듯 기분이 좋았다.

"지난 일 년 동안 아무도 꼬인 적 없어?"

다케히로는 빙그레 여유 있는 미소를 지었다.

"있지. 두세 번은."

예전의 하루카라면 질투를 했을지도 모르지만, 지금은 옛날 남자 친구가 여성을 유혹한 얘기도 유쾌했다.

"그래서 잘됐어?"

다케히로는 V를 그렸다.

"2승 1패."

"제법이네."

다케히로가 테이블 위에서 슬쩍 손을 움직이자 전표가 사라졌다.

"그다음 이야기는 한잔하면서 하자. 요 뒤에 꼬치구이집 괜찮지?"

응, 하고 끄덕이고, 하루카는 자리에서 일어났다. 그곳은 일 년 반 전까지 매주 같이 다니던 가게다.

　아직 시간이 일러서 가게는 비어 있었다. 'ㄷ' 자형으로 짜인 나무 카운터석만 있는 자그마한 가게다. 최근 소주 붐이 일어서 벽에는 50종류가 넘는 라벨이 붙어 있었다. 두 사람은 아마미오시마산 흑설탕소주를 온더록스로 주문하고, 갓 튀긴 고사리와 죽순 튀김을 치아 끝으로 씹었다. 흰 살 생선은 도쿄 만에서 잡히는 작은 물고기고, 새우와 은행을 번갈아가며 끼워서 튀긴 꼬치는 끝까지 바삭바삭 고소했다.

　두 사람은 18개월 만의 데이트에 잘도 먹고 잘도 마셨다. 그 가게를 나온 것은 열 시가 지나서이니, 네 시간이나 앉아 있었던 셈이 된다. 하지만 하루카는 아주 잠깐으로 느껴졌다.

　3월 중순이 지났지만, 밤에는 아직 쌀쌀했다. 백화점 뒷길을 걸어가는데 하루카는 자연스럽게 다케히로의 왼팔에 매달렸다. 일방통행이 끝나는 좁은 길 끝을 노려보던 하루카가 하얀 입김을 뿜으며 말했다.

　"이제 뭐 할까? 한 집 더 가도 좋고, 우리 집에 가도 좋아. 옛날처럼."

　"옛날처럼."

　"응. 그런 제목의 영화가 있었지. 난 안 봤지만, 제목이 좋구나 생각했던 기억이 나."

다케히로가 긴장하는 것이 가죽 코트 너머로 전해졌다. 하루카가 올려다보듯이 보자 다케히로가 말했다.

"이번에는 우리 잘될까."

"모르는 거지. 그렇지만 시험해 보자. 아직 기회도 시간도 있으니."

"응."

두 사람은 말없이 천천히 걸어서 하루카의 집으로 향했다. 가는 길에 다케히로는 편의점에서 칫솔 사는 것을 잊지 않았다. 집에 들어가자 다케히로가 주위를 둘러보며 말했다.

"전혀 달라지지 않았네. 달라진 건 침대 커버와 저 컬렉션뿐이구나."

만에 하나를 생각해서 침대 커버는 새것으로 바꾸어 놓았다. 다케히로는 이인용 소파에 앉지 않고 책장 앞으로 갔다. 특등석에는 만년필을 넣은 아크릴 케이스가 대각선으로 각도를 잡고 놓여 있다.

"두 자루 늘었네. 이건 파카, 이건 뭐야?"

"비스콘티야. 클립이 용 모양이지. 눈은 루비. 모델명은 '행운의 용'. 그쪽의 파카도 1940년대 골동품이야."

몸체는 탁한 호박색처럼 차분한 색의 셀룰로이드다. 하루카는 손님용 바스타월을 건넸다.

"먼저 샤워할 거지?"

"옛날처럼."

"응."

하루카는 코트를 받아 들고, 욕실로 사라지는 다케히로의 등을 지켜보았다. 만년필 케이스에는 스무 자루를 꽂을 수 있는데, 아직 다섯 자루가 비었다. 이 케이스가 가득 차는 몇 년 뒤까지, 나는 다케히로와 같은 시간을 보낼 수 있을까. 하루카는 신기했다. 샤워하는 물소리가 이렇게 반갑게 느껴지는 것은 자신이 나이를 먹은 탓인지, 그 상대가 다케히로여서인지 알 수 없었다.

일 년 만의 섹스는 뭔가 어색했다. 몸은 기억 속에 있는 대로인데 반응이 어딘가 어긋났다. 타이밍이 미묘하게 맞지 않았고, 서로 그걸 알고 있어서 한참 하는 도중에도 묘한 초조감이 생겼다.

다케히로는 전보다 더 애를 써 주었지만, 결국 하루카는 그날 밤 절정을 맞이하지는 못했다. 그러나 하루카는 충분히 만족했다. 이런 행위는 반복하다 보면 저절로 올바른 형태와 타이밍을 찾게 된다. 다케히로와의 궁합은 육 년 동안의 길었던 봄에 이미 확인이 끝났다.

한밤중이 지나, 하루카는 턱을 괴고 잠에 곯아떨어진 다케히로의 옆얼굴을 바라보았다. 몇 번이나 머리에 떠오른 것은 왜 이 사람이었을까 하는 의문이다. 다케히로는 입을 약간 벌린 채 낮게 코를 골며 자고 있다.

　그때 하루카가 생각한 것은 무수히 많은 세상 남자들이었다. 이 사람도 우리 회사 동료처럼 나 이외의 사람에게는 대충 대하는 면이 있을지도 모른다. 그러나 다케히로는 내게는 언제나 좋은 사람이었다. 내가 힘들어할 때 항상 곁에 있었다. 이 옛 남자 친구는 그런 운명의 사람이다. 그렇게 생각하니 왠지 눈물이 났다. 하루카는 새 침대 커버 끝에 살짝 눈물을 적셨다.

　남의 마음도 모르고 다케히로의 코 고는 소리가 점점 커졌다. 하루카는 손을 뻗쳐, 딱딱한 남자의 코를 꽉 잡았다. 숨을 쉴 수 없었는지, 잠시 버둥거리더니 괴로워하며 다케히로가 눈을 떴다. 하루카의 손을 뿌리치며 말했다.

　"뭐야, 죽일 생각이야."

　하루카는 거친 숨을 쉬는 다케히로의 뺨에 뽀뽀를 하고, 귓가에 속삭였다.

　"코 고는 소리가 시끄럽단 말이야."

　하루카는 그 말 말고도 하고 싶은 말이 잔뜩 있었지만, 그대로 품에 안겨 버렸더니 말이 눈물이 되어 흘러내렸다. 다케히로는 말없이 꼭 껴안아 주었다. 이 사람은 이런 것을 자연스럽게 잘하는 사람이다.

내일은 하루 종일 무얼 할까. 18개월 만에 둘이서 보낼 일요일에 하루카의 가슴이 설렜다. 이제 곧 아침이 오겠지.

슬로 걸

하시즈메 게이지는 사랑이란 섹스를 싸고 있는 단순한 포장지라고 생각했다. 백화점은 아니지만, 포장지에 장미 꽃다발이 인쇄된 건 둘 다 비슷하다. 아마도 알맹이가 너무 노골적이어서 예쁜 포장지가 필요할 것이다.

　게이지는 거울 속의 마른 남자를 바라보았다. 얼굴선은 여전히 샤프하다. 근무하는 평일에는 내리는 앞머리를 하드 타입 젤로 세웠다. 샤워를 하고 나와서 입은 것은 세탁해 놓은 청바지에 흰색 탱크톱. 그 위에 매끄러운 스웨이드 셔츠를 걸쳐 입었다. 구두 역시 스웨이드 단화로, 맨발로 뒤축을 찌부러뜨리고 신었다.

　여자들은 러프하고 캐주얼하고 거기다가 비싼 패션을 좋아한다. 목에 건 체인은 이중으로 금과 백금의 인식표가 뒤엉켜 있다. 텔레비전에서 전쟁물을 지겹게 보여 주었다. 다음에 펜던트는 십자가로 할까 보다.

게이지는 열쇠와 지갑을 들고 방 안을 휘익 둘러보았다. 그곳은 독신인 동안은 몇 살까지고 저렴한 비용으로 살 수 있는 사원 기숙사다. 면적은 20평방미터 정도로, 침대와 책상을 놓고도 아직 한참 넓은 바닥이 보인다. 게이지가 근무하는 전자 부품 회사는 저물어가는 일본 경제에서도 기술적인 경쟁력을 잃지 않고 있었다. 당분간은 도심에서 제일 좋은 땅에 있는 이 기숙사도 무사할 것이다.

여름이 되면 서른세 살이 되는 게이지는 별로 결혼 같은 건 할 필요가 없다고 생각했다. 한 명의 여자와 살며 같은 상대와 계속 섹스를 하고, 경제적인 짐까지 떠맡다니 말도 안 되는 어리석은 짓이다. 십 대 후반에 첫 경험 상대와 결혼하여 생쥐처럼 자식을 만드는 사내가 있는가 하면, 자신처럼 독신을 고수하며 그때그때 다른 여자와 노는 남자도 있다.

어느 쪽이든 상관없지 않는가. 모든 것이 구속인 이 세상에서 연애나 섹스만이 개인에게 주어진 몇 안 되는 자유다. 누구도 강제하지 않고, 누구에게도 결과를 보고할 필요가 없다. 게이지는 아직 이 자유를 놓을 생각이 없다. 특히 올봄에는 9개월쯤 사귀다가 자꾸 결혼하고 싶어 하는 화장품 판매원과 겨우 헤어진 참이다.

독신 남자들만 사는 이 기숙사는 토요일 밤에는 아무도 남아 있지 않았다. 빈방뿐인 호텔 같다. 주말 밤 남자들은 모두 바쁘다. 오랜만에 새로운 먹잇감을 찾는 기분으로 아무도 없는 복도를 걸어가는 게이지의 발걸음은 경쾌했다.

가이엔니시도리에서 택시를 타고, 기본요금 거리인 미나미아오야마에 도착했다. 게이지는 네즈 미술관 모퉁이를 돌아 니시아자부 쪽으로 걸어갔다. 지난 몇 개월 얼굴을 비치지 않았는데, 그 바는 여전히 영업을 계속하고 있을까.

그곳은 노는 사람들 사이에는 좀 이름이 알려진 바로, 아이비가 외벽을 메우고 있는 패션 빌딩 지하 1층에 있다. 대놓고 싱글 바라고 떠들지 않지만, 밤이 되면 남자가 없는 여자들이 어디선지도 모르게 모여든다.

밤이 내린 거리에 파란 간판이 떠올랐다. EXPECTATION. 바 이름을 '기대'라고 잘도 지어 놓았다. 분명 주인도 꽤 놀았던 사람일 것이다. 게이지는 사냥물에게 다가가는 육식 동물처럼 발소리를 죽이고 계단을 내려가, 왁스 칠이 잘 된 바 안으로 미끄러져 들어갔다.

오른쪽으로는 가게 안쪽까지 쭉 뻗은 카운터석, 왼쪽으로는 빨간 가죽을 입힌 박스석이 이어져 있다. 웨이터는 게이지를 보더니, 눈인사만 건넸다. 몇 번을 와도 친한 척 농담 따위 건네지 않고 데면데면한 면도 이 바가 마음에 드는 이유 중 하나다.

게이지는 구두 밑창이 쩍쩍 붙는 바닥을 걸어갔다. 좁고 길쭉한 구조의 이 가게에서 목적한 장소는 최심부에 있었다. 카운터는 그곳에서 또 오른쪽으로 꺾어진다. 벽에 닿을 때까지 3미터 정도 스툴이 늘어서 있지만, 거대한 제빙기의 사각지대여서 두 사람 있는 바텐더의 시선이 닿지 않는다.

말을 걸어주기를 기다리는 여자들은 약속이라도 한 듯이 혼자 혹은 둘이, 사각지대인 카운터에 자리를 잡는다. 남자들은 한 단 낮은 구석 플로어에서 여자들을 품평하고, 말을 걸기 위해 출격한다. 가게도 묵인한 헌팅 존이다. 물론 여자들이 보기에는 자신들이 사냥꾼이고 남자 쪽이 사냥물일지도 모른다. 이 게임에서는 희생자가 정신없이 바뀐다.

게이지는 다가온 웨이터에게 버번소다를 주문했다. 이 가게의 버번소다는 냉동한 버번을 사용하는 것이 특징이다. 얼음을 타고 내리는 버번에 소다를 부으면 무수한 기포가 스파크를 일으키며 단번에 섞인다. 저을 필요도 없다. 간단하지만 아주 맛있는 칵테일이다.

그날 밤, 구석 테이블에 흩어져 앉은 라이벌은 세 명. 전부터 안면이 있는 사람은 아직 오지 않은 것 같았다. 남자들과 되도록 사이좋게 지내 두는 것이 요령이다. 사냥물의 정보를 공유하면 성공 확률도 훨씬 높아진다.

신맛이 도는 버번소다를 한 모금 마시고, 숨을 가다듬은 뒤 카운터 쪽을 보았다. 밤이 이른 탓인지 아직 여자는 한 명밖에 없었다. 짧은 머리에 짧은 청재킷, 같은 소재의 미니 타이트스커트. 체크무늬 스타킹이 볼륨과 길이의 균형이 잘 잡힌 다리를 감싸고 있었다. 게이지는 잔을 입으로 가져가며 천천히 기다렸다. 저 자리에 앉은 여자는 반드시 남자 쪽이 궁금해서 한 번은 뒤를 돌아본다. 얼굴 체크는 그때 하면 된다. 섣불리 자리에서 일어나 이상한 움직임을 보여, 상대가 경계하게 만들기보다는 그편이 훨씬 낫다.

예상대로 그녀는 스파이크처럼 뾰족한 구두 굽을 확인하는 척하며 이쪽을 흘끗 보았다. 게이지의 가슴이 뛰었다. 이름은 잊었지만, 텔레비전 드라마에서 언어 장애인 역을 맡았던 배우와 아주 닮았다. 이목구비가 단정하고, 순진무구한 이미지다. 물론 이 바에서 남자가 말을 걸어주길 기다리는 여자이니, 순진무구고 뭐고 단순히 외모의 이미지에 지나지 않겠지만. 그것도 역시 재미있다고 생각했다.

어쨌든 그녀가 이 바에서 발견한 최고의 한 사람이라는 사실은 틀림없다. 먼저 온 남자 세 명은 왜 수수방관하고 있는 걸까. 다들 불알을 못 쓰게 되기라도 한 걸까. 게이지가 잔을 들고 자리에서 일어나자 맞은편 테이블에 셔츠 두 번째 단추까지 풀어

헤친 남자가 조그맣게 고개를 가로저었다. 그만두라는 듯이 동정의 미소를 보인다.

일단 행동을 시작해 버린 게이지는 거기서 멈출 수가 없었다. 카운터에 앉은 여자의 대각선 뒤에 서서 가볍게 말을 걸었다.

"혼자세요? 옆에서 같이 마셔도 될까요?"

엉큼한 생각이라곤 전혀 없어 보이는 상냥한 미소. 게이지는 이건 좀 자신이 있었다. 하지만 그녀의 반응은 늦었다. 바로 코앞에 있는데 국제전화라도 거는 것 같다. 곤혹스러워하는 채로 표정이 굳어졌다. 잔을 한 손에 들고 멍청히 서 있는 게이지에게는 숨이 넘어가는 몇 초 동안이었다. 게이지의 말은 지구를 반 바퀴 돌아서 겨우 그녀의 마음에 도착한 것 같았다.

끄덕, 고갯짓을 하고 여자가 말했다.

"…… 네."

이건 대체 뭐지. 리듬이 흐트러진 게이지는 그래도 옆자리에 가볍게 걸터앉았다. 그녀는 갑자기 즐거워진 것 같았다. 빙그레 웃으며 앞에 있는 술병의 물결을 바라보고 있다.

"오늘은 뭐 해요? 남자 친구하고 약속 있어요?"

그녀의 얼굴은 마치 최신식 스크린세이버 같았다. 웃는 얼굴은 천천히 무표정으로 바뀌었다가, 마지막에는 물결치듯이 곤혹스러운 표정이 되었다. 표정의 변화는 무섭도록 느리지만, 잠시도 정지하는 법이 없다. 눈가의 주름으로 보아 어려 보이는 이십 대 후반일까.

"…… 친구를 만들러 …… 왔어요. 선생님도 …… 만날 집 안에 …… 만 있으면 안 된다고 …… 해요."

게이지는 그제야 아까 그 남자가 그만두라는 듯이 고개를 가로저었던 이유를 알았다. 그녀는 대단한 미인인데, 반응이 느렸다. 게이지는 자신까지 천천히 얘기를 하게 되었다.

"남자하고, 지금까지, 사귀어 본 적, 있어요?"

게이지는 국제전화의 요령을 이내 파악했다. 이야기를 한 뒤에는 용기를 북돋워 주는 미소를 지은 채, 천천히 기다리는 것이다. 게이지는 바로 앞에 있는 아름다운 얼굴을 가만히 바라보고 있었다. 메시지 도착, 이해, 곤혹, 생각, 답변. 모든 단계가 그녀의 얼굴에서 차례대로 표현되었다. 그녀가 부끄러운 듯이 말했다.

"…… 아뇨 …… 없어요 …… 벌써 스물아홉 살이니 …… 사귀어도 이상하지 …… 않지만 ……."

뭔가 우울한 이야기가 되어 갔다. 아까웠다. 이만한 미모가 전혀 쓸모없이 끝나다니. 분명 이 나이에도 남자 경험이 없을 것이다. 그녀는 부끄러운 듯이 시선을 돌리고, 벽의 나뭇결을 보고 있었다. 세 명의 경쟁자는 이쯤에서 깨끗이 물러났을 테지. 이 여자와는, 정말? 거짓말! 이런 최소 레벨의 대화조차 무리일 것 같았다.

　게이지도 자리에서 일어날까 하고, 여자 얼굴을 보았다. 그녀의 웃는 얼굴은 조신했다. 아무한테도 보이지 않게 피어 있는 하얀 나팔꽃 같았다. 시리도록 아름답다. 아직 다른 사냥감은 나타나지 않았다. 게이지는 잠시 그녀와 이야기를 더 나누기로 했다.

　"여기는 자주 와요?"

　버번소다를 홀짝거리며 천천히 기다렸다.

　"자원봉사자인 …… 언니가 …… 데려다주어서 …… 오늘이 두 번째 …… 예요."

　젊은 여자끼리여서 자원봉사자는 그녀의 마음을 알았을 터. 의사나 시설의 직원은 그녀의 안타까움을 눈치채지 못했을 것이다.

　"그렇지만, 여긴, 위험한 곳이에요. 그거 마시면, 돌아가는 게 좋아요."

　그녀 앞에는 연한 오렌지색 칵테일이 놓여 있었다. 샴페인과 오렌지 주스를 섞은 건데 이름이 뭐였더라. 게이지는 버번소다를 한 잔 더 주문했다. 그녀의 웃는 얼굴은 진심으로 즐거워 보였다.

　"…… 어째서 …… 위험해 …… 요?"

　게이지는 특기인 상냥한 미소를 지었다.

"그건, 나처럼, 나쁜 사람이, 많이 있어서죠."

이 대답은 그녀에게 너무 어려운 것 같았다. 얼굴 표정이 연신 바뀌면서 골똘히 생각했다. 게이지는 천천히 기다렸다. 미간에 깊은 주름을 지으며 그녀가 말했다.

"…… 이상해요 …… 아무리 봐도 …… 당신은 …… 위험한 사람으로 …… 보이지 않아요."

게이지는 무심결에 조그맣게 소리 내어 웃었다.

"밤거리에서는 위험해 보이지 않는 사람이 제일 위험해요."

오른손을 들어 웨이터를 불렀다. 그녀의 몫을 자신의 전표에 기입해 놓으라고 말하고, 여자 쪽으로 다시 돌아앉았다. 어린아이에게 얘기하는 어조가 된다.

"알겠어요? 이 가게는, 당신 같은, 착한 사람이 오는 곳이 아니에요. 그거 마시면, 집에 돌아가요."

이번에는 그녀의 머릿속에서 몇 가지의 생각이 부딪히는 것 같았다. 신호가 바뀌듯이, 잇따라 표정이 바뀌었다. 하지만 여유를 가지고 바라보던 게이지의 마음은 마지막 변화에 강하게 흔들렸다.

아침 햇빛을 받아 꽃이 피듯이 그녀는 천천히 웃는 얼굴이 되었다. 그건 좀 전까지의 미소와 전혀 달랐다. 눈초리와 입가에 잔뜩 주름을 만들며 활짝 웃는 얼굴은 커다란 한 송이의 꽃이 되었다. 어두운 싱글 바에서 그녀 주변만 환했다. 진심으로 웃을 때 인간은 이런 표정이 되는 건가.

"…… 알겠어요 …… 오늘은 목표를 이루었으니 …… 유감스럽지만 …… 그만, 돌아갈게요 …….'"

최대한의 미소를 고정한 채, 게이지를 보고 있다.

"목표가, 뭐예요?"

그녀의 미소에서 방사되는 열에 게이지의 뺨까지 빨갛게 달아오르는 것 같았다.

"남자 …… 친구를 …… 만드는 것."

그녀가 똑바로 보며 말했다. 처음 보는 게이지에게 의심 한 자락도 없다.

"우리 …… 이제, 친구죠 …… 나, 니시다 미사키 …… 당신의 …… 이름은."

저절로 웃음이 나왔다. 이런 형태로 오늘 밤 처음으로 자기소개를 하게 될 줄은 생각지도 못했다. 게이지도 그 거짓 미소가 없어졌다.

"하시즈메 게이지."

미사키는 미간을 모으고, 입속으로 몇 번이나 게이지의 이름을 되뇌었다.

"게이지 씨 …… 군요 …… 우리 …… 또, 만날 수 있겠죠 ……

꼭."

게이지는 그녀와 두 번 다시 만날 일은 없을 거라고 생각했다. 그래도 상냥하게 말했다.

"그럼요, 꼭, 또 만날 수 있어요."

"다행이다 …… 다행이다."

천천히 확인하듯이 말하더니, 미사키는 칵테일을 단숨에 마셨다. 스툴에서 내려와 게이지 옆에 섰다. 천천히 머리를 숙이고 인사했다.

"정말로 …… 고마웠 …… 습니다 …… 안녕히 ……."

스툴에서 일어날 때 걸린 것일까, 데님 미니스커트가 말려 올라가 엉덩이 선까지 들여다보였다. 게이지는 볼륨감 있는 허벅지에 시선을 멈추고 말했다.

"미사키 씨, 다리."

미사키는 이상하다는 듯이 말려 올라간 스커트를 내려다보았다. 아무것도 아니라는 모습으로 방글방글 웃으며 게이지에게로 시선을 돌렸다.

"…… 왜요?"

"저기, 다리를 그렇게 내놓고 있으면, 나쁜 사람이 덮쳐요."

나쁜 사람이란 한마디는 미사키에게 강렬한 작용을 초래했다. 눈을 한껏 크게 뜨고 호러 영화 포스터 같은 공포의 표정을 지었다. 필사적으로 스커트를 내렸다. 끝자락을 잡고 힘껏 끌어내리는 바람에 스커트가 흘러내릴 뻔했다.

"이제 괜찮아요."

미사키는 걱정스러운 듯이 말했다.

"이제 …… 덮치지 …… 않아요?"

게이지는 웃으며 끄덕일 수밖에 없었다. 미사키 같은 순수함과 직접적인 반응은 유치원 때 이후 본 적이 없다.

"조심해서, 돌아가요."

"안녕 …… 게이지 씨."

게이지는 훈훈한 마음으로 대답했다.

"안녕, 미사키 씨."

그날 밤, 게이지는 그 후로 두 시간을 더 있었다. 잘 꼬여서 무너뜨린 것은 이타바시에 산다고 하는 부티크 점원이었다. 이 바는 단골인 듯, 남자가 말을 걸어도 무덤덤했다. 나이는 스물세 살, 아오야마에서 일한다고 했다. 화장도 패션도 빈틈이 없었다.

바에서 나오자, 다음 날 아침에 여유롭게 보내려면 러브호텔보다 자기 집이 좋다며, 그녀는 딱 잘라 말했다. 게이지가 키스를 하고, 그녀의 가슴을 만진 것은 택시 안이었다. 오랜만에 새로운 여성과 섹스를 할 수 있어서 기쁘긴 기뻤다. 하지만 게이지는 시종 냉정했다. 이윽고 도착한 원룸 창가에는 속옷과 트레이 닝복이 널려 있었다. 기운이 빠졌지만, 뭐 빨래를 안을 건 아니니까, 하고 자신을 달랬다. 그녀와의 섹스는 그냥 평균적인 섹스였다. 기대하고 있을 때가 즐거운, 일회성 만남에 흔히 있는 패턴이다.

새벽녘, 게이지는 여자의 코 고는 소리에 잠이 깼다. 입을 약간 벌리고 자는 상대를 보았다. 눈썹 머리를 조금만 남기고 깨끗하게 밀었다. 화장을 깨끗이 지웠다. 게이지는 신기했다. 풍만한 유방과 잘 움직이던 허리는 얼마든지 기억나는데 옆에서 자는 여성의 웃는 얼굴은 전혀 기억나지 않았다.

웃는 얼굴이라고 하면 바로 떠오르는 것은 겨우 십 분 정도밖에 얘기하지 않은 그 슬로한 여성의 웃는 얼굴이었다. 분명 두 번 다시 만날 일은 없을 것이다. 좀 아쉬운 마음도 들지만, 그것도 어쩔 수 없다. 그녀는 그런 바에 어울리는 타입이 아니고, 도쿄에서 스쳐 지난 여성과 재회할 확률을 계산하는 것도 한심한 일이다. 그렇게 웃는 여성이 있다니.

게이지는 저도 모르게 미소 짓고 있다는 것도 모르고, 다시 잠을 청했다.

다음 토요일에도 같은 시간에 바에 잠입했다. 곧장 헌팅 존으로 향했다. 사각지대가 된 카운터에 아직 여성의 모습은 없었지만, 구석 테이블에서 게이지에게 오른손을 드는 남자가 있었다.

"여어, 잘 지냈어?"

남자는 치열이 고르지 않은 이를 드러내고 게이지를 향해 웃었다. 가와나카 후미야는 자칭 제비족이다. 하지만 그 말이 연상시키는 화려함과는 무관하게 어디에나 있는 비리비리한 남자였다. 그러나 외모에 속아서는 안 된다. 공치는 날이 계속되던 어느 날 밤, 게이지는 이 남자가 과거 십 년 동안 어떻게 살아왔는지 들은 적이 있다.

후미야가 노리는 것은 반드시 불행한 여자였다. 애인과 원만하지 못하다, 일이 잘 안 풀린다, 빚이 있다. 그런 여성을 꼬여서 몸 파는 술집으로 보내는 상습범이다. 물론 자신은 일을 하지 않는다. 영화 시나리오나 연극 각본을 쓰는 공부 중이라고 하며 여자의 집에 굴러 들어가서, 경제권은 확실히 자기가 잡고 있다.

"술집에서 일하면 하루에 20만 엔은 벌 수 있어. 한 달에 보름 일하면 약 300만 엔. 그런 여자는 원래 돈 계산 같은 것 못하니까, 우리의 장래를 위해 저금해 두자고 하면 그걸로 끝. 식은 죽 먹기지."

그렇게 십 년을 버텨왔다고 자랑스럽게 말했다. 게이지는 기가 막힐 따름이었다. 하지만 그 바에 한해서 말하자면, 자기가 하는 짓이나 후미야가 하는 짓이 전혀 다를 바 없었다. 카운터의 여자들에게 말을 걸고, 잘 풀리면 하룻밤 정사를 한다. 목적은 그것뿐이다.

게이지는 후미야의 테이블에 앉았다.

"그쪽이야말로 요즘 성적이 어때?"

후미야는 입가가 헤벌레해지더니 테이블 맞은편의 게이지에게 손짓을 하고, 소리를 낮추어 말했다.

"우리끼리니까 하는 얘긴데, 좋은 꺼리를 발견했어. 지금 있는 여자하고 헤어지려고 새로운 여자를 찾고 있었는데, 이 바에 괜찮은 애가 있더라고."

저런, 어떤 여자일까 하고 게이지는 생각했다. 이 바의 단골이라면 게이지도 칵테일 한 잔쯤 사준 적이 있을 터다. 비리비리한 제비족이 빙그레 웃었다.

"요즘 매일 밤, 그 여자가 이 가게에 와. 엄청나게 미인이어서 보면 깜짝 놀랄걸."

게이지는 막 나온 버번소다를 마신 뒤에 물었다.

"역시 사연 있는 여잔가."

스카치 온더록스가 든 잔을 들고 제비족은 건배를 청했다.

"사연 있는 여자에게 건배. 내가 사귀는 여자는 다 그런 여자지. 다들 바보같이 순수하게 시키는 대로 하니까."

게이지는 할 수 없이 잔을 부딪혔다. 스치듯이 투명한 소리가 났다. 제비족이 문 쪽을 돌아보고 말했다.

"왔어. 그 여자야. 당신한테도 소개해 주지. 다만, 내가 먼저 찍었다는 것은 잊지 마. 나한테는 밥줄이니까."

게이지는 뒤돌아보았다. 카운터와 박스석 사이의 좁은 길을 스타일 좋은 여성이 방글방글 웃으면서 걸어왔다. 미사키였다. 봄 냄새 나는 민트그린의 미니스커트에 한 벌로 보이는 재킷 차림. 안에는 가슴팍이 넓게 팬 반짝거리는 소재의 니트를 입고 있다. 하얀 가슴이 어슴푸레한 바에서 빛이 나는 것 같았다. 하지만 미사키는 섹시함이나 미니스커트의 의미를 어렴풋하게밖에 모를 것이다. 말려 올라간 스커트를 이상하다는 듯이 내려다보던 시선이 생각났다. 후미야는 일어서서 손을 흔들었다.

"미사키, 여기, 여기."

미사키는 같은 테이블의 게이지를 발견한 것 같았다. 스위치가 들어가고, 그냥 웃던 얼굴이 또 최대 출력까지 끌어올려졌다. 잊을 수 없었던 것은 분명 이 웃는 얼굴이다. 게이지도 일어서서 미사키에게 인사를 했다. 뺨이 상기된 미사키가 말했다.

"후미야 씨 …… 이 사람이 …… 친구 …… 입니다."

제비족은 얼굴에 경련을 일으키며 게이지를 보았다.

"미사키가 매일 친구를 만나러 온다고 하더니, 그게 당신이었던 거야?"

세 사람이 자리에 앉자 웨이터가 왔다. 미사키는 기쁜 듯이 환한 얼굴로 주문을 했다.

"미모사 …… 하나."

후미야가 말했다.

"미사키는 항상 그것만 주문하네."

미사키는 제스처 게임처럼 크게 끄덕이고 말했다.

"네 …… 자원봉사 …… 언니가 …… 그것 말고는 …… 안 된다고 …… 남자한테 얻어먹으면 …… 안 됩니다."

게이지는 후미야를 보고 빈정거리듯이 웃었다. 자원봉사자도 꽤 쓸모 있는 충고를 했다. 분명 후미야는 술에 익숙하지 않은 여성이라면 바로 비틀거릴 만한 칵테일을 권한 게 분명하다.

"매일, 왔다는 게, 정말이에요?"

미사키의 표정은 더없이 진지했다. 게이지를 물끄러미 바라보았다.

"언젠가 …… 꼭 …… 또, 만날 수 있다 …… 첫 남자 …… 친구가 …… 게이지 씨가 …… 그렇게 말해 주었어요 …… 그래서, 나는 …… 매일 왔습니다."

게이지는 감동했다. 경솔한 자신의 한마디를 진지하게 듣고, 미사키는 매일 밤 이 바에서 기다렸다고 한다. 그녀와 이야기할 때는 말을 골라서 해야겠다고 생각했다. 농담이나 개그가 치명적이 될 수도 있다. 미사키는 화사하게 웃는 얼굴로 후미야 쪽을 향했다.

"게다가 …… 이렇게 …… 다른 친구도 …… 생겼습니다."

잠시 틈을 두고, 자기 자신에게 끄덕였다.

"좋아라 …… 좋아라."

세 사람의 대화는 가장 느린 미사키의 페이스에 맞춰서 천천히, 그렇지만 활발하게 이어졌다. 미사키가 부끄러운 듯이, 화장실에 다녀오겠습니다, 하고 자리에서 일어난 것은 한 시간 정도 지난 뒤였다. 허리선을 빤히 지켜보며 후미야가 말했다.

"이봐, 당신, 저 여자 나한테 양보하지 않겠어?"

게이지는 제비족을 빤히 보았다. 후미야는 스카치를 홀짝거리며 기죽지 않고 말했다.

"당신은 저런 멍청한 여자하고 사귈 생각 없잖아. 저 여자는 나 이외에는 이용 가치가 없는 여자야."

게이지는 남자의 삐뚤삐뚤한 치열만 바라보고 있었다. 자신은 미사키를 어떻게 할 생각인 걸까. 잠자코 있자, 후미야가 말했다.

"난 오늘 밤, 저 여자를 내 것으로 만들 생각이야. 저런 여자여도 시간제 성매매 하는 곳에 팔면 돈이 되거든. 뭣하다면 당신한테 좀 떼어줄 수도 있어. 당신은 여기서 손을 떼고 멍청한 여자한테 굿바이 하는 것만으로 돈이 된다니까. 나쁘지 않은 알바 아냐?"

후미야는 이를 드러내고 웃으며 눈을 치뜨고 게이지를 보았다.

"지금이 기회야. 저 여자가 돌아오기 전에 사라져. 금요일은 다음 주에도 돌아오니까."

게이지는 어두운 바 안을 둘러보았다. 눈앞에는 하이에나 같은 제비족. 카운터에 앉은 몇 명의 여자들이 게이지에게 탐색하는 듯한 시선을 보내고 있다. 느릿한 정통 재즈가 흘러나왔다.

거기서 게이지는 미사키의 웃는 얼굴을 떠올렸다. 사람에 대한 신뢰와 선의만을 증류한 듯한 순수 백 퍼센트의 웃음이다. 그것은 이 자리에도, 지저분한 자신에게도 어울리지 않는다. 그래도 게이지는 한 가지만은 확실히 아는 것이 있었다. 후미야에게 빙그레 웃어 보였다.

"미안하지만, 첫 번째 친구는 나야. 저 아이는 내가 데리고 가겠어. 저 아이보다 사연 많은 여자라면 이 바에 얼마든지 있을 거야."

후미야는 무슨 말인지 하려고 했지만, 미사키가 돌아오자 입을 다물어 버렸다. 게이지는 미사키의 눈을 보고 말했다.

"나는 그만 갈 건데, 미사키 씨도, 같이, 여기서 나가지 않을래요? 밤도 늦었고. 나쁜 사람도 많이 있어요."

게이지는 거기서 말을 끊고, 후미야를 곁눈으로 보았다.

"택시로 갈 테니까, 당신도 바래다, 줄게요."

후미야의 분해하는 얼굴이 유쾌했지만, 게이지는 자신도 제비족과 다름없다고 생각했다. 또 다음 주 밤이 되면 다른 여성과의 다른 섹스를 찾아, 이 바에 와 있을 것이다.

미사키는 남은 칵테일을 우유처럼 벌컥벌컥 마시고, 후미야에게 빙그레 웃었다.

"오늘 밤은 …… 즐거웠습니다 …… 한 번에 두 사람의 …… 친구와 …… 이야기한 것 …… 처음입니다."

이제 게이지는 후미야의 얼굴을 보지 않았다. 헌팅 존의 여자들도 무시하고, 계산을 하기 위해 카운터를 따라 성큼성큼 걸어갔다.

택시는 토요일 밤이어서 밀리는 246호선을 천천히 나아갔다. 게이지는 창밖을 바라보며 말했다.

"미사키 씨는, 앞으로는, 이제, 그 가게에 가지 않는 게, 좋아요."

미사키의 표정은 놀라움에서 낙담으로 바뀌었다. 거리의 불빛을 등진 옆얼굴은 인형같이 반듯했다.

"어째서 …… 입니까 …… 그곳에서 …… 게이지 씨도 …… 만났는데 …… 다음에는 어디서 …… 만나면 되는 건가요 …… 우리는 …… 친구죠."

게이지는 몸을 비틀어 미사키 쪽을 향했다.

"이봐요, 남자와, 여자는, 그렇게 간단히, 친구가, 될 수 없어요. 그러려면 시간이 걸리고, 상대를 잘 골라야 해요. 누구에게나, 그건 간단한 일이 아니에요."

미사키는 슬픈 얼굴을 했다. 소중한 사람이 눈앞에서 죽어가는 것을 보는 듯한 표정이다.

"게이지 씨 …… 같은 …… 머리가 좋은 사람도 …… 그렇게 …… 어렵나요?"

새삼스럽게 그렇게 물으니, 난 대체 지금까지 어떤 여자를 만나온 걸까 하는 생각을 하지 않을 수 없었다. 생각하면서 천천히 대답했다.

"나도, 그래요."

사실은 아무하고도 사귀지 않았을지도 모른다고 생각했지만, 게이지는 굳이 말하지 않았다. 미사키의 눈물은 갑작스러웠다. 가슴에 뚝뚝 떨어지는 눈물방울은 니트를 재색으로 물들였다.

"그럼 ……… 나처럼 …… 머리가 나쁘면 …… 전혀 무리예요 …… 나는 …… 평생 …… 남자 …… 친구 같은 건 …… 생기지 않아요."

게이지는 이 순진함을 지켜주고 싶었다. 하지만 온몸으로 울고 있는 미사키에게 가벼운 말은 할 수 없었다. 택시는 이케지리 대교를 지나, 미슈쿠 사거리에서 우회전했다. 미사키의 집은 세타가야 학원 근처에 있다고 했다. 미사키는 눈물을 닦으면서 말했다.

 "오늘 밤에는 …… 정말 …… 고마웠습니다 …… 그러나, 아직 …… 게이지 씨와 …… 나는 …… 친구가 …… 아닌 거죠?"

 미사키는 필사적이었다.

 "친구는 …… 어떻게 하면 …… 될 수 있습니까?"

 게이지는 대답할 말이 없었다. 이성과 진정한 의미로 사귀려면 어떻게 하면 좋을까. 그걸 알고 있었다면 자신은 이런 사람이 되지 않았을지도 모른다. 아니면, 그것을 정말로 시험당하고 있는 것은 지금 이 순간일까. 미사키가 전방을 가리켰다.

 "저기 …… 불이 켜진 …… 집 앞에."

 하얗게 칠해진 문 옆에 작은 백열등이 켜져 있었다. 맨션 사이에 낀 고풍스러운 단독 주택이다. 그 앞에는 오십 대 후반쯤 돼 보이는 여성이 멍하니 서 있었다. 택시 안을 들여다보듯이 여성은 허리를 구부렸다.

 "엄마."

 그렇게 부르며 미사키는 택시에서 내렸다. 미사키의 어머니는 지친 얼굴로 머리를 숙였다.

"이렇게 집까지 데려다주셔서 감사합니다. 이 아이가 폐를 끼치진 않았는지요?"

이대로 미사키를 내려주고 돌아갈 생각이었던 게이지는 얼른 운전사에게 말했다.

"죄송합니다. 잠깐만 기다려 주세요."

게이지는 아무것도 생각하지 않았다. 몸이 자연스럽게 반응했을 뿐이다. 뒷자리에서 내려 택시 옆에 허리를 펴고 섰다. 미사키는 어머니의 손을 잡았다.

"미사키 씨는 아주 좋은 사람이었습니다. 폐 같은 건 끼치지 않았습니다."

미사키의 어머니는 그렇게 말하는 게이지에게 또 머리를 숙였다. 이 어머니는 딸 때문에 지금까지 줄곧 머리를 숙여 왔을까. 미사키는 싱글벙글 웃으며 게이지를 보고 있었다.

"고개 들어 주십시오. 저는 이런 사람입니다."

왜 지갑을 꺼냈는지 자신도 알 수 없었다. 게이지는 명함을 한 장 꺼내고는 볼펜으로 뒷면에 휴대전화 번호를 썼다. 필기도구는 토요일 밤의 필수품이다. 게이지는 어머니에게 명함을 건네고 미사키에게 말했다.

"뒤에 내 번호가 있어요. 아무 때나 전화해도 괜찮아요."

미사키가 또 커다랗게 함박웃음을 지었다. 통통 튀듯이 말했다.

"그러면 …… 우리 …… 진짜 …… 친구가 …… 될 수 있어요?"

게이지는 이제 웃으며 끄덕거릴 뿐이다. 미사키는 어머니가 울음을 터트린 것이 의아한 모양이었다.

"엄마 …… 게이지 씨는 …… 나쁜 사람 아니야 …… 울면 …… 모두 …… 슬퍼져."

게이지는 마지막에 머리를 깊숙이 숙여 모녀에게 인사를 하고 택시에 올라탔다. 진구가이엔으로 돌아가자고 운전사에게 말했다. 돌아보니 미사키는 멀어지는 차에 대고 아직도 손을 흔들고 있고, 어머니는 여전히 머리를 숙이고 있었다.

섹스를 목적으로밖에 여성을 만나지 않았던 자신, 한 번도 남자를 사귀어 본 적 없는 미사키. 둘 다 처음이니까, 분명 앞으로도 힘들겠지만, 의외로 닮은 두 사람일지도 모른다. 사냥물을 하나도 잡지 못하고 빈손으로 돌아가는 토요일 밤, 게이지는 그 사실이 이토록 만족스러운 것이 몹시 신기했다.

1파운드의 슬픔

하얀 복도가 시선 저 끝까지 이어졌다. 사람의 모습은 보이지 않았다. 벽 곳곳에 작은 홈을 파서 장식해 놓은 생화를 꽂은 꽃병이 조명에 부각되었다. 오쿠보 도요키는 방 번호를 확인하면서 천천히 걸었다. 거의 한 달 만인데 여기까지 오니 재회를 미루고 싶어졌다. 마음이 기묘하게 소용돌이쳤다. 두꺼운 카펫 탓에 발밑은 불확실하고, 소리는 전혀 나지 않았다.

3717. 금색 플레이트가 박힌 문 앞에 섰다. 이곳이 이번의 디럭스 더블 룸이다. 지방 도시 호텔이어서 도쿄의 스위트룸 못잖은 넓이다. 몇 번이나 이용해서 방 안 상태는 알고 있었다. 도요키는 혀 뒤에 고인 끈적끈적한 침을 삼키고, 세 번씩 두 차례 노크했다.

"눈 감고, 거기 서 있어."

하야세 마호의 목소리가 문 너머로 불분명하게 들렸다. 바로 대답하는 걸 보면, 줄곧 도요키가 오기를 기다리고 있었을지도 모른다. 도요키는 눈을 감고, 온몸의 힘을 빼고, 더블 룸 문 앞에 섰다.

걸쇠를 벗기는 차가운 소리가 나고, 몸에 출렁이는 공기의 움직임을 느꼈다. 문이 열린 것 같다. 마호가 사용하는 천연 성분의 보디클렌저 향이 났다. 잠이 오지 않는 밤이면 문득 생각나는 향이다. 그녀는 먼저 샤워를 마쳤다.

"눈 떠도 돼?"

"안 돼. 오늘은 나한테 맡겨 줘."

마호의 목소리가 불분명하게 들렸던 것은 문 너머였던 탓만은 아니었다. 평소에는 차분한 목소리가 흥분하여 걸걸하게 잠겼다.

"좋지만, 뭐 하 ……."

도요키가 그렇게 말을 하려는 순간, 손을 잡히고 방 안으로 끌어당겨졌다. 등 뒤에서 문이 닫히는 소리가 났다. 방 안의 어둠은 눈을 감고 있어도 느껴졌다. 뒤에서 천을 부스럭거리는 소리가 나더니, 다음 순간 도요키의 눈이 가려졌다. 피부에 미끄러지는 매끄러운 감촉으로 실크란 걸 알았다. 차가운 어둠이 머리에 감긴 것 같았다. 분명 마호가 근무하는 프린서플의 신상 스카프일 것이다.

"여기 서 있으면 되는 거야?"

어깨에서 하룻밤 묵을 짐이 든 숄더백이 내려졌다. 가방이 소파에 던져지는 둔한 소리가 났다. 마호의 보이지 않는 손이 도요키의 옷깃 쪽으로 다가오더니 새 재킷을 벗겼다. 잠시 틈을 두고 마호가 말했다.

"어머, 이거, 우리 회사 남성복이네. 구입해 주셔서 감사합니다. 오늘은 더욱 서비스를 잘해야겠네요."

직업상, 반드시 마호가 재킷 상표를 확인하는 것을 도요키는 알고 있었다. 그래서 도쿄에서 일부러 이 여름 마 슈트를 샀다. 마호는 두 번째 단추까지 벗긴 셔츠 가슴에 한 손을 미끄러뜨리고, 날카로운 손톱 끝으로 긁듯이 유두를 만졌다. 도요키는 우반신만 소름이 돋는 걸 느꼈다. 마호의 오른손은 흰색 셔츠의 세 번째 단추를 풀었다.

"나한테 말하면 직원가로 사 줄 텐데."

도요키는 목소리 톤이 바뀌지 않도록 신경을 집중해야 했다.

"고베에 있는 당신 가게까지 갔다가는 신칸센 값이 더 들어."

마호의 두 손은 바지 속에 들어간 셔츠 자락을 꺼내고 있었다. 단추가 나타날 때마다 하나씩 푼다. 그러는 동안에도 손톱 끝으로 도요키의 유두를 만지는 것을 잊지 않았다. 마호가 웃음을 머금고 말했다.

"시침 뚝 떼고 가게에 와서 슈트를 사주면 기쁘겠다. 그러면 피팅룸에서 한껏 서비스를 해 주지."

"오오, 어떤 서비스?"

그렇게 말한 순간 마호가 하반신을 안아 도요키는 비틀거렸다. 럭비의 태클 같은 격렬함이었다. 엉덩이를 감싼 두 팔에는 힘이 단단히 들어가고, 벨트도 풀지 않은 바지 섶을 마호가 얼굴로 눌렀다. 도요키의 페니스는 반쯤 딱딱해졌지만, 아직은 마호의 광대뼈가 더 딱딱했다.

"뜨거워졌네."

마호는 도요키의 허리 냄새를 가슴으로 들이마시는 것 같았다.

"어이, 어이."

도요키가 팔을 떼어내려고 하자, 더욱 세게 허리를 껴안았다. 도리도리를 하듯이 얼굴로 짓이겼다. 도요키는 오른손으로 마호의 머리를 쓰다듬었다. 부드러운 머릿결을 통해 놀랄 만큼 열기가 전해졌다. 마호의 몸은 떨리고 있었다. 우는 건가. 도요키가 눈을 가린 스카프를 풀려고 하자, 마호가 말했다.

"안 돼. 그대로 있어."

도요키는 실크의 촉감에서 손을 뗐다.

"우는 거야?"

마호는 팔을 풀고 벨트에 손을 댔다. 찰칵찰칵 버클이 풀리는 소리는 지금부터 시작될 가슴 떨리는 시간으로 갈 신나는 전주곡 같았다.

"그럴지도. 그렇지만 도요키는 내가 어떤 마음으로 오늘 이 시간을 기다렸는지 모를 거야."

도요키가 단추가 다 풀린 셔츠를 벗어 던지자, 거의 동시에 마호가 바지를 내렸다. 정강이에 구겨진 천의 감촉을 느꼈다. 안감이 없는 부분이 따끔따끔 장딴지를 찌른다. 마호는 한 쪽씩 구두를 벗기고 발끝으로 바지를 빼주었다.

"모직 바지였으면 이대로 괴롭혔을 텐데, 마 바지니까. 옷걸이에 걸어 두고 올 테니까 그대로 있어."

도요키는 손목시계와 속옷만 입은 자세로 눈가리개를 하고 서 있었다. 소리와 공기의 흐름으로 마호가 옷장에서 이쪽으로 돌아오고 있음을 알았다. 손가락 끝이 닿기 전에 몸 앞쪽에서 뜨거운 바람 같은 것이 불어왔다. 마호의 몸이 뿜는 열이다. 마치 오일히터 앞에 서 있는 것 같았다. 마호는 도요키의 가슴에 입술을 대고 속삭였다.

"이 몸을 만나는 데 한 달이나 걸렸어. 난 또 12분의 1살을 먹었단 말이야."

동갑이니까 마호는 서른다섯 살이 된다. 도요키는 마호가 아무리 나이를 먹어도 같이 나이를 먹어간다면 상관없었다. 중력을 거스를 수 없어진 유방이나 엉덩이도 친근한 느낌은 들지만, 그것으로 매력이 떨어진다고 생각하지는 않는다.

"나이를 먹어도 돼. 마호는 스타일도 좋고, 주름도 없고 처지지도 않아서 그런 걱정 할 것 없어."

"있지, 걱정 많이 하고 있으니까, 농담이라도 그런 말 하지 말아줄래."

마호는 웃으면서 그렇게 말하고, 얇은 속옷 위로 도요키의 엉덩이 두 짝을 꽉 잡았다. 옆구리 언저리에 느껴지는 촉감에, 도요키가 말했다.

"오늘 또 그 브래지어, 했구나."

그것은 석 달 전 데이트 때 산 4분의 1컵 브래지어였다. 바스트 윗부분은 가려지지 않는 디자인에 같은 색 팬티와 맞춰 입으면, 오프화이트색이어서 피부가 하얀 마호는 아무것도 입지 않은 것처럼 보인다. 그저 체형만 보정되고 유두도 엉덩이도 위를 향하게 된다. 유럽 사람들은 이런 속옷을 생각하기 위해 그토록 복잡하고 미묘한 소설과 영화로 예습을 했을지도 모른다.

"내 생각 하면서 혼자 했어?"

마호의 손톱은 다리가 없는 벌레 같은 속도로 페니스를 기어 올라 왔다. 도요키는 마호와 마찬가지로 뜨거워진 머리로 생각했다. 시작하기 전의 이 시간이 시작한 뒤보다 훨씬 좋은 것은 어째서일까. 실제로 백 퍼센트의 강도에 이르기 전이 페니스는 훨씬 민감했다. 도요키의 목소리가 흐트러지는 것은 항상 마지막 순간뿐이지만, 그때는 눈가리개를 하고 선 채 흐느끼듯이 숨을 삼켜버렸다. 자신의 목소리도 흥분해서 갈라지는 것이 멀리서 들린다.

"응. 했어. 마호는?"

"나도 많이 했어. 그런데 기쁘네."

도요키는 아무 말도 하지 않았다. 마호는 가슴에 이마를 댄 채 이야기를 계속했다.

"신기해. 당신이 나를 상상하며 혼자 많이 해 주는 게 기쁘다니. 나도 당신을 상상하면서 몇 번이고 몇 번이고 했어."

마호의 목소리가 천천히 아래로 내려갔다. 무릎을 꿇고 있는 걸까. 도요키의 팬티에 축축한 입김이 전해진다.

"십 년도 전이었다면 그런 것 불결하다고 생각했을 거야. 이십 대 때의 나는 앞으로 십 년 뒤면 누군가와 결혼해서 아이를 하나나 둘쯤 낳고, 섹스 따위는 질려서 옷장 정리하듯 한 해에 두 번 정도나 하겠지 생각했어. 무슨 설비 정기 점검처럼. 어차피 섹스란 그 정도의 것으로 대단한 즐거움이 아니다, 아줌마가 섹스를 할 필요가 없다고 생각했어."

마호의 손톱은 얇은 면 위로 페니스를 찌르고, 그 반발을 즐기는 것 같았다.

"그런데 완전 오산이었어. 있지, 난 지금이 지금까지의 인생에서 제일 좋아. 마흔 살이 되어 더 좋아지면, 아마 죽어 버릴 것 같아. 정말로 신기해. 가슴도 엉덩이도 처지기 시작하고, 피부의 탄력도 없어지기 시작했어. 몸은 젊을 때와는 비교가 되지 않는데, 그 아래의 신경은 더욱 연마되어 엄청나게 민감해지다니."

도요키는 마호의 뺨을 가만히 쓰다듬어 주었다. 마호는 입술로 손가락 끝을 잡고, 앞니 사이로 가볍게 물고 혀로 동그란 손끝을 핥았다. 장난꾸러기 아이처럼 웃으며 말했다.

"반은 당신 덕분이지만."

손가락 끝에 전해지는 혀의 감촉을 반갑게 느끼면서 도요키가 말했다.

"글쎄. 분명 진정한 의미로 마호가 어른이 된 시기에 마침 나를 만났을 뿐이야. 내가 아니어도 마호는 분명 꽃을 피웠을 거야."

그녀의 목소리는 더욱 낮아졌다. 거의 바닥에 닿을 듯한 곳에서 들려왔다.

"그래도 당신이 아니었더라면 이렇게 꽃피우지 못했을 거야. 그것만큼은 확실해. 그래서 당신에게 몹시 감사하고 있어."

마호는 그렇게 말을 마치는 것과 동시에 도요키의 무릎에 혀를 갖다 댔다. 천천히 회전하듯이 힘을 뺀 배를 움직였다. 그곳은 원래라면 마호의 장소였다. 도요키가 언제나 하는 것을 이번에는 마호가 하고 있다. 눈이 보이지 않는 탓에 신경이 예민해진 걸까, 허벅지 끝까지 강한 떨림이 일어났다. 도요키는 마호의 가슴 끝에라도 보복을 하려고 손을 뻗쳤다. 안쪽 허벅지 살을 잡고 마호가 말했다.

"지금 여기가 부들부들 떨렸어, 귀여워라. 있지, 손은 뒤로 돌려주지 않겠어?"

할 수 없이 도요키는 뒷짐을 졌다. 실크 소리가 나며 손목이 묶였다.

"마호는 지난 한 달 동안 이런 것만 상상했구나."

"응, 맞아."

갑자기 아킬레스건을 가볍게 물었다. 도요키는 그 자리에서 펄쩍 뛰어오를 뻔했다.

"최근에 말이야. 애무를 받는 것도 좋지만, 무척 해 주고 싶은 마음이 들었어. 이것저것 생각하다 잠을 못 잔 적도 있었지. 그런 건 도요키가 처음."

이번에는 허벅지 안쪽에 축축한 감촉이 올라왔다. 태연함을 가장하고, 도요키가 말했다.

"마호는 아줌마가 된 게 아니라, 업무 스트레스로 아저씨가 된 거 아냐? 부티크 쪽은 잘돼 갑니까, 점장님?"

마호는 또 위치를 바꾸는 것 같았다. 목소리는 등 뒤 2미터 정도 떨어진 곳에서 들렸다. 속옷 차림에다 손이 뒤로 묶인 남자 친구를 감상하는 걸까. 도요키는 누군가의 시선을 등으로 느끼는 것이 이토록 노골적일 줄은 상상하지 못했다. 마호의 목소리는 차분했다.

"우리 가게는 괜찮아. 제대로 자리 잡았거든. 그렇지만 역시 간사이에서는 고전했지."

프린서플은 미국의 패션 브랜드였다. 고급스러운 소재를 심플하고 샤프한 컷으로 만든다. 다른 옷과 코디하기도 쉽고, 절제된 고급스러움도 있어서 수도권에서는 이미 브랜드 이미지와 판로를 확보하고 있다.

간사이 1호점이 작년 봄, 고베 산노미야 백화점에 오픈했을 때, 점장을 맡은 것이 마호였다. 세련미보다는 화려함을, 조형보다 장식을 즐기는 간사이 여성에게 어필하느라 반년 동안은 몹시 고생했다고 도요키는 들은 적이 있었다.

"음, 스트레스로 아저씨화되어가는 건 있을지도 모르겠네. 내일도 모처럼 일요일인데 빨리 돌아가야 하고."

고베 호텔에서 단골손님을 초대해 추동 모델 전시회를 한다고 했다. 가게 할당분의 반은 그곳에서 예약이 들어오는 모양이었다.

"그럼 신칸센, 이른 시간이겠네."

뒤로 손이 묶인 채 냉정하게 얘기하는 것이 무언가 우스웠다. 마호의 한숨 소리는 목 바로 뒤에서 들려왔다.

"응, 세 시 전에 타야 돼. 해도 지기 전에 헤어지다니 ……."

도요키는 목덜미에 입술을 느꼈다. 깨물듯이 가벼운 키스를 거듭하면서 입술은 등을 타고 내려갔다. 마호는 띄엄띄엄 말했다.

"내일 일은 생각하지 않을래. 모처럼 둘이 있는데 집중해야지. 괴롭혀 주길 바라는 곳 있으면 말해."

도요키의 엉덩이 사이를 따라 혀끝이 청소하듯이 움직이고 있었다. 소리를 지를 것 같아서 얼른 농담으로 얼버무렸다.

"넵, 알겠습니다, 점장님."

마호는 도요키 뒤에 무릎을 꿇고 앉아 말했다.

"점장님도 좋지만, 좀 진지하게 있어 봐. 지금 아주 중요한 걸 하고 있으니까."

"오, 뭐 하는데?"

진지한 목소리가 엉덩이 쪽에서 들려왔다.

"지금부터 또 다음 4주 동안 잊지 못하도록, 당신의 몸을 하나하나 확인하고, 기억할 거야. 나, 일도 이렇게 진지하게 한 적 없어."

마호는 마지막에 손톱을 세우고 팬티 안을 주무르듯이 긁었다. 도요키는 이번에는 소리를 억누를 수 없었다. 소름이 돋는 것도 몸 반뿐만이 아니었다.

어깨를 살짝 밀려 침대로 옮긴 것은 십오 분 뒤의 일이었다. 몇 시간이나 서 있었던 것 같은 느낌이지만, 그동안에 마호의 양손과 입술은 도요키의 몸 구석구석까지 더듬고, 발견한 장소에는 반드시 표시를 해 나갔다. 중간쯤부터 도요키는 자신의 몸에 닿는 것이 손인지 입인지 알 수 없었다. 축축하기도 하고 마르기도 한 세 장의 혀가 연신 몸의 어딘가를 이동하고 있는 것처럼 느꼈기 때문이다.

도요키는 눈을 감고 서 있으면서 옛날 텔레비전에서 본 기록영화를 떠올렸다. 밤의 사막 언덕을 넘어 바람이 지나간다. 그 바람은 보이지 않지만, 언덕 비탈에 잔물결 무늬를 남기고 간다. 바람이 불 때마다 낮은 꼭대기는 깎이고, 잔물결 무늬 모양은 변화한다. 도요키는 마호의 혀도 마찬가지라고 생각했다. 눈에 보이지 않는 채 뾰족한 것을 혀로 깎고, 몸의 비탈을 지나가는 바람이 되어 쾌락의 무늬를 그린다.

침대에 천장을 향하게 한 채 눕힌 뒤에도 도요키의 눈가리개와 두 손은 풀어주지 않았다. 눕히기 전에 뒤로 묶인 손을 머리 위로 다시 묶어 주었을 뿐이다. 마호의 혀는 전신 탐사를 마치고, 하반신에 머물렀다. 그 밖에는 딱히 달라진 점이 없지만, 마호는 타액 분비가 아주 많은 여자였다. 도요키의 배 아래부터 허벅지에 걸쳐 넓은 범위가 타액에 젖어 서늘했다. 평소보다 그것이 차갑게 느껴지는 것은 눈을 가리고 있는 탓일지도 모르고, 아직 새 호텔의 에어컨 탓일지도 몰랐다.

마호는 도요키의 두 다리를 한껏 벌리고 다리 사이에 앉았다. 자신도 혀를 사용하고 싶어서 도요키는 말했다.

"빨게 해 줘. 마호는 전혀 애무받지 않아도 좋아?"

마호는 일부러 젖은 소리를 내며 입을 뗐다. 입에서 떨어지는 타액이 튀어나온 페니스 끝에 녹듯이 떨어졌다.

"응, 오늘은 좋아. 전부 내가 해 줄 거야."

도요키의 사타구니를 움켜쥐는 마호의 손에 힘이 들어갔다. 페니스는 터질 듯이 부풀어 있다. 지금 바늘로 찌르면 물풍선처럼 피가 분출하겠지, 하고 도요키는 생각했다. 그 피는 쾌감으로 검고 탁할 것이다. 마호가 그렇게 하고 싶다면 그렇게 하게 두는 것도 좋을지 모른다.

타액을 떨어뜨리고는 입을 대고, 때로는 뺨을 비비면서 마호는 도요키의 쾌락을 위로, 더 위로 끌어올렸다. 침대로 옮겨 와서 처음에는 참고 있었지만, 점점 소리를 내지 않는 것이 괴로워졌다. 도요키는 자신이 내고 있는 애타는 소리를 남의 목소리처럼 듣고 있었다.

"마호, 더 하면 안 될 것 같아. 좀 쉬게 해줘."

도요키를 입에 넣은 채 마호가 대답했다.

"…… 앙, 돼."

마호는 두 손으로 도요키를 움켜쥐고 힘껏 머리를 흔들었다.
그것은 사정없는 공격으로 도요키는 마호가 이대로의 흐름을
원한다는 걸 알았다. 한껏 달아오른 시간에 찬물을 붓고 싶지 않
을 것이다. 그렇다면 그걸로 됐다. 도요키는 자신을 억제하는 걸
그만두고, 온몸의 힘을 빼고 마지막 순간에 대비했다. 애를 태우
는 쾌락의 수위는 점점 올라갔다. 남자의 경우, 그 곡선은 가파
른 포물선이 될 때가 많지만, 그때의 도요키는 달랐다. 멀리 있
는 불꽃에 달궈지는 것 같았다. 녹아내리기 시작한 기름이 땀이
되어 몸의 표면을 흐르고, 페니스 끝에서는 경련할 때마다 전조
가 투명하게 맺혔다. 눈가리개 안쪽으로 눈부신 빛을 본 것 같은
느낌이 들어 도요키는 소리쳤다.

"더는 무리야!"

마호는 거기서 입을 뗐다. 손은 아직 사타구니에 대고 있었다.
무엇을 하는 것일까. 도요키는 아무런 자극도 받지 않았는데 허
리의 움직임을 멈출 수 없었다. 마호의 축축한 왼손이 허리에 올
려졌다.

"마호, 부탁이야 ……."

그 순간 페니스 끝부터 빨려 들어가는 것을 느꼈다. 마호의 안
쪽은 매끄럽고 저항을 느낄 수 없을 만큼 부드럽고 뜨거운 진흙

같았다. 마호의 허리는 천천히 내려왔다. 도요키는 또 기록영화를 떠올렸다. 이번에는 선명한 노란색과 검은색의 얼룩무늬 작은 뱀이 달걀을 삼키는 장면이었다. 뱀은 달걀을 딱딱한 껍질째 꿀걱 삼키고 소화관 속에서 천천히 녹였다. 도요키도 자신이 녹아서 흡수되어가는 것을 느꼈다. 눈을 감고 있으면 실제로 십여 센티미터의 삽입이 몇 미터나 되는 것처럼 느껴졌다.

도요키는 마호의 깊은 속에 닿을 때까지 어떻게든 참으려고 했다. 하지만 마호가 기어가는 듯한 속도로 허리를 움직이는 동안 참지 못하고 발사하고 말았다. 짐승이 우는 듯한 소리를 질렀다. 온몸을 펄떡거리며 마호 속에 사정했다. 한 달에 한 번인 이 밤을 위해 마호는 피임약을 계속 먹고 있다.

마호는 수축된 복근 위에 두 손을 짚고 도요키에게 올라타 있었다. 사랑하는 남자가 죽을 듯이 발광하며 분출하는 것을 막지 않았다. 자기 자신이 절정에서 멀어져도 파도처럼 흔들리는 매트리스 위에서 마호는 만족하고 있을 것이다.

이 순간에 진실이 있다. 나머지 모든 것은 그저 살아가기 위한 게임에 지나지 않는다. 순수한 쾌락으로 닦인 도요키의 마음은 거울처럼 맑고, 의심할 여지 없는 대답을 고르고 있었다.

마호는 도요키가 흐물해져서 저절로 빠질 때까지 위에 올라탄 채 있었다. 가슴에 흘린 땀을 핥고 있다. 도요키가 말했다.

"우와. 오늘은 너무 황홀했어. 손 좀 풀어줄래?"

마호는 대답 대신 키스를 하고 머리 위의 스카프를 풀어주었다. 도요키가 눈가리개를 풀려고 하자 당황해서 말했다.

"잠깐만. 내가 되었다고 할 때까지."

침대가 삐걱거리고, 마호는 어딘가로 달려갔다. 방 안쪽에서 소리가 났다.

"됐어."

실크 천을 머리에서 풀자, 동시에 금속 부품이 부딪치는 소리가 크게 났다. 눈이 부신 도요키는 게슴츠레하게 뜨고 머리를 일으켰다. 창밖에는 37층에서 보이는 나고야 시내가 끝없이 복잡하게 펼쳐졌다. 석양은 섬세한 붓놀림으로 모든 건물의 서쪽을 칠하고, 하늘은 로제와인처럼 투명한 주홍으로 물들어 있었다.

역광 속에서 마호의 실루엣이 떠올랐다. 수입 속옷으로 보정 같은 것 하지 않아도 충분히 훌륭한 곡선이다. 마호가 창가에 기대어 말했다.

"자, 샤워하고 샴페인이라도 마시러 갑시다."

갑자기 갈증을 느끼고 도요키는 느릿느릿 몸을 일으켰다.

"거기다 시원한 맥주와 스테이크도. 그러고 나면 ……."

금색 술로 몸을 안쪽부터 식히고, 육즙이 보이는 고기를 썹고

싶어 미칠 것 같았다. 술과 고기와 소금, 왜 이럴 때는 단순한 것
만 그리워질까.

마호는 옷장을 열고 바스타월을 꺼냈다. 등 너머에서 말했다.

"그러고 나면, 어떻게 하게?"

눈을 감고 있으니 옷장 안에서 울리는 목소리가 부드럽고 다
정하게 들린다는 것을 알았다. 도요키는 앞니를 보이며 웃었다.

"다음은 자기 차례야. 각오해."

마호가 이쪽을 돌아보자, 등에 깊은 대각선 주름이 생겼다. 목
에도 꼬아 놓은 것처럼 얕은 주름이 생겼다. 도요키는 그곳에 생
긴 그늘이 갑자기 몹시 사랑스러웠다. 숨도 쉬지 못하고 바라보
고 있자, 마호가 말했다.

"그럼 빨리 샤워해야지."

뺨 한쪽에만 보조개가 생겼다. 도요키는 옆으로 달려가 꼭 껴
안고 싶었지만, 참았다. 마호는 침대 옆을 지나갈 때 도요키의
가슴에 바스타월을 떨어뜨리고 갔다. 콧노래를 부르면서 욕실
로 사라지는 마호 대신에 도요키는 대형 타월을 가슴에 꼭 안
았다.

저녁은 호텔 안에 있는 캘리포니아 그릴 가게였다. 마호는 로
브스터와 가리비 시푸드 그릴을, 도요키는 스테이크를 주문했

다. 그 가게는 미국식으로 고기는 마블링이 섞이지 않은 확실한 살코기였다. 입에 넣고 씹으니 푸릇한 건초 냄새가 나는 것이 시원한 맥주와 잘 어울렸다.

천천히 식사를 마치고 메인 바로 이동했다. 마호는 취한다고 무알코올 칵테일을 골랐다. 원래는 술이 세지만, 앞으로 시작되는 밤을 알코올로 둔해진 감각으로 맞이하고 싶지 않다고 했다. 도요키는 이 바에서도 레스토랑에서와 같은 브랜드의 맥주를 계속 마셨다. 아무리 취해도 이 기분에서 깨어나는 일은 없을 것이다.

바에서 나오기 직전에 도요키가 속삭였다.

"화장실에 다녀와."

마호가 이상하다는 표정을 지었다.

"별로 가고 싶지 않은데."

도요키는 감정을 지운 얼굴이었다. 엄한 어조로 말했다.

"됐고. 가면 그 스타킹하고 속옷을 벗고 올 것."

마호의 표정이 활짝 밝아졌다. 눈 밑이 취한 듯이 붉게 물들었다.

"위에도, 아래도."

"웅, 위에도 아래도. 그리고 벗은 것은 이 테이블 위에 올려놓을 것."

마호는 끄덕이고 자리에서 일어섰다. 바 조명은 나고야 시내 야경보다 어두웠다. 멀어져가는 마호의 등은 그대로 밤하늘로 사라져버릴 것 같았다.

그날 밤, 도요키는 마호가 아까 했던 것과 똑같은 짓을 되풀이 했다. 다만 양손을 묶은 것이 실크 스카프가 아니라 체크무늬 스타킹이고, 눈가리개는 4분의 1컵 브래지어로 바뀌었을 뿐이다.

두 사람은 알몸인 채로 잠이 들었다. 아침은 열 시가 지나 일어나, 잠이 덜 깬 채 또 한 번 섹스를 하고 체크아웃 준비를 했다. 언제나 이 호텔을 이용하는 것은 역에서 가까울 뿐만 아니라, 체크아웃 시간이 열두 시로 비교적 늦기 때문이다.

호텔을 나오자 코인로커에 짐을 맡기고, 두 사람은 빈손으로 걸어 다녔다. 호텔 건물 옆에는 지하 2층부터 지상 11층까지 거대한 백화점이다. 전날 오후부터 줄곧 호텔에 있었던 두 사람은 바깥을 걷는 것이 마냥 기분 좋았다. 마호는 직업상 여성복 매장을 느긋하게 둘러보고, 상품 진열이며 이 계절에 잘나가는 품목을 확인했다.

매장을 차례차례 둘러보면서 손목시계를 확인했다.

"두 시간 남았네."

처음에 마호가 시계를 본 순간부터 시간은 모래처럼 쏟아지기 시작했다. 여성복 매장을 다 보고 난 뒤, 유행하는 잡화점과 편집 숍을 둘러보았다. 도요키는 서점에서 읽고 싶었던 책을 발견하고, 자신도 읽고 싶다고 하는 마호를 위해 두 권 샀다.

걷다 지쳐서 홍차 전문점에 들어갔다. 도요키는 몰래 손목시계를 보았다.

'앞으로 한 시간.'

스콘과 다르질링 홍차 세트를 먹는 동안에도 테이블에 올린 손을 꼭 잡고 있었다. 다음에 만나면 뭐 할까 하고 도요키가 말하자, 마호는 장난꾸러기 아이처럼 웃으며 말했다.

"나, 지금부터 한 달 동안 뭘 할지 찬찬히 생각할래. 전화도 메일도 많이 해. 나 생각하면서 혼자 하고."

웃고 있나 했더니, 갑자기 마호는 눈물을 글썽거렸다. 도요키는 그저 잡고 있는 손에 살짝 힘을 주는 것밖에 할 수가 없었다. 커피숍을 나와서 코인로커로 돌아왔다. 지금부터의 시간이 언제나 가장 힘들다.

가방을 어깨에 메고 지하도를 걸어 나고야 역 중앙 홀로 향했다. 다양한 사람이 제각각의 목적지로 향하는 역 구내를 손을 꼭 잡은 채 걸어갔다. 되도록 늦게 플랫폼에 도착하기 위해 작은 보폭으로 천천히 걸었다.

도요키는 엄청난 속도로 움직이고 있는 세상에서 자신들만 남겨진 듯이 느껴졌다. 신칸센 하행선 플랫폼의 에스컬레이터를 올라갔다. 난간에 기댄 마호의 손목시계를 보았다. 출발 시각까지 앞으로 십오 분. 도요키의 가슴속 모래시계는 눈사태라도 난 기세로 빨리 흘렀다.

도요키와 마호는 표면에 요철 가공을 한 알루미늄 기둥에 기댔다. 마호는 도요키의 손을 아프도록 꼭 잡았다. 시선은 아직 열차가 오지 않는 빈 플랫폼을 바라보고 있었다.

"역시 셰익스피어는 대단하네."

마호는 도요키의 손을 자신의 가슴에 댔다.

"심장에 가장 가까운 곳에 있는 살을 1파운드."

도요키는 그제야 깨달았다. 아마 중학교 때 그 연극을 보았던 것 같다.

"『베니스의 상인』인가."

마호는 도요키를 흘끗 보더니 다시 텅 빈 플랫폼으로 시선을 되돌렸다.

"나, 어렸을 때는 누군가와 헤어질 때, 이렇게 슬프지 않았어. 아니, 나는 연애를 하고 있으니 지금 여기서 슬퍼하지 않으면 이상하다. 한번 그렇게 머리로 생각한 뒤 애써 슬퍼했던 것 같아. 그런데 지금은 달라."

마호는 심호흡을 하여 눈물을 참는 것 같았다.

"도요키와 헤어질 때마다 가슴속의 살을 도려내는 것 같은 느낌이야. 애가 타고, 공허하고, 참을 수 없어. 1파운드가 몇 그램이었더라?"

도요키는 자신도 눈물을 흘리지 않으려고 애쓰는 것이 최선이었다. 애써 웃으며 말했다.

"450그램 정도. 심장에서 가장 가까운 곳에 있는 살을 그렇게 베어내면 틀림없이 죽을 거야."

마호는 정면을 향해 낮은 목소리로 말했다.

"나는 당신하고 만났다가 헤어지면 매번 죽는데."

머리 위의 스피커에서 무미건조한 여자 목소리로 안내 방송이 나왔다. 곧 신칸센이 도착하는 것 같다. 그다음 심하게 굴리는 영어가 이어졌다.

"나도 그렇게 느낄 때가 있어. 내 경우는 마호와는 반대야. 나의 어딘가를 빼앗긴 게 아니라 ……."

신칸센은 매끄러운 코끝을 천천히 플랫폼으로 들이밀었다. 도요키가 소리를 높였다.

"이 신칸센도 분명 그럴 거야. 나는 그렇게 생각해. 이 세상은 우리의 슬픔으로 움직이고 있어. 온 세상 연인들의 강렬한 슬픔과 기쁨과 쾌락이 사실은 이 세상을 돌리고 있는 게 아닐까. 마호와 헤어질 때면 언제나 그런 걸 느껴. 왜냐하면."

도요키는 눈앞에서 울고 있는 여자에게서 시선을 돌릴 수 없었다. 어느샌가 자신도 마찬가지로 울고 있어서였다.

"지금 여기서 보이는 것이 전부 슬프거든."

두 사람은 서로의 뺨에 흐르는 눈물을 손가락 끝으로 닦았다. 발차를 알리는 벨이 울렸다.

"그럼."

"응, 안녕."

도요키는 안녕을 말하는 동안에도 자신의 슬픔으로 이 열차를 멈추게 할 수 없을까, 시험하고 있었다. 마호는 그 자리에서 돌아서더니, 뒤도 돌아보지 않고 신칸센에 올라탔다. 공기가 빠지는 소리와 함께 문이 닫혔다. 열차는 천천히 플랫폼을 뒤로했다. 움직이는 이 세상과 흐르는 시간을 막기에는 아직 나의 슬픔이 부족하다. 도요키는 그렇게 생각하며, 옆 플랫폼으로 이동하기 위해 밝은 계단을 내려갔다.

데이트는 서점에서

오리모토 지아키는 책과 남자를 좋아했다. 가장 좋아하는 것은 물론 책을 읽는 남자지만, 지아키가 다니는 물류 회사에는 그런 남자가 한 사람밖에 없다. 벌써 이 년 전에 헤어진 시마즈 나오유키다. 그와는 요즘도 상황실에서 만날 때마다 최근에 읽은 책의 감상을 서로 얘기하는 사이다. 그러나 다시 잘될 가능성은 제로다.

이십 대 후반의 오래 사귄 연인들은 그대로 결혼하거나, 혹은 헤어지고 다른 상대와 전격적으로 연애를 하거나, 둘 중 하나다. 나오유키는 후자 쪽의 전형적인 패턴으로, 지아키와의 관계를 청산하고 반년 뒤에 약혼했다. 상대는 같은 부서에 있는 수수한 여성으로, 지아키가 부족한 것은 나이뿐이었다. 물론 책을 좋아하는 것도 아닌 것 같았다.

당사자의 입을 통해 그걸 알게 된 지아키는 울지는 않았지만,

몹시 화가 났다. 지아키는 헤어진 남자가 자기보다 못한 여성과 사귀면 실망하는 타입이다. 자신도 질 생각은 없지만, 그런 이별의 아픔을 견뎠으니까 상대방도 노력해서 더 나아지길 바랐다.

그때 지아키가 얼마나 화가 났는가 하면, 스탕달의《적과 흑》과《파름의 수도원》을 밤을 꼬박 새워서 다 읽어치웠을 정도다. 소설은 기억하고 있던 대로 생생하고 재미있었지만, 다음에 읽는 것은 또 심하게 상처입은 몇 년 뒤겠지, 생각했다. 스탕달은 그렇게 자주 읽을 거리는 아니다.

그런 지아키에게 최근 마음이 끌리는 상대가 출현했다. 난조 다카오다. 다카오는 정밀 기계 회사의 세일즈 엔지니어로, 월 2회 정기 점검과 비품 보충뿐만 아니라, 문제가 생길 때마다 불려온다. 키도 크고 스타일도 괜찮지만, 언제나 수수한 감색 슈트에 하얀 셔츠를 입고, 넥타이도 거의 같은 색 계통의 칙칙한 것을 맨다. 별로 매력 없는 고교 교사 같은 분위기다. 쌍꺼풀이 없는 눈은 흰자와 검은자를 구분할 수 없을 정도로 가늘고 길다. 게다가 넓은 이마에는 항상 기름기 없는 앞머리가 몇 가닥 내려와 있다. 그러면 소설가 쓰쓰이 야스타카의 젊은 시절을 꼭 닮은 다카오 완성이다.

지아키가 일을 하는 곳에는 벽에 걸린 스크린에 거대한 도쿄도 도로 지도가 4색 LED로 그려져 있다. 교통량이 많은 중앙 환상선에는 빨간 점이 동맥처럼 구불구불 이어졌다. 상황실은 중소기업에서 물류를 하청받는 로지스틱스 전문 회사의 중추였다.

도쿄 도의 지도는 여섯 개로 나눠져 있고, 지아키가 담당한 곳은 도쿄 북부 지구인 아라카와 구, 기타 구, 도요시마 구, 이타바시 구다. 이 여섯 개의 구 사이에는 심한 경쟁이 일어나고 있었다. 최소의 트럭 편수로 최대의 짐을 날라, 적재율을 백 퍼센트에 가깝게 하는 것이다. 물론 대부분은 계절 요인이나 요일별로 편수를 조정하는 것만으로 충분하지만, 그래도 예상 밖의 변동은 항상 발생한다. 날씨 변동이나 행사 등으로 화물의 움직임이 갑자기 활발해지기도 한다. 지아키는 이런 변화에 대응이 빨라서 수량을 정확하게 예측했다.

서른두 살 독신에 쇼트커트, 자그마한 몸집에 마른 편인 지아키가 역전의 남성 사원들에 섞여서도 상황실에서 이채를 띠는 것은 책을 많이 읽어서가 아니었다. 지아키는 어지간해서 남성 사원들에게 톱 자리를 양보하지 않았다.

일과 독서의 인과관계는 알 수 없지만, 책을 좋아하는 지아키는 독서 경험이 도움이 됐다고 믿고 있다. 숫자 읽기는 정확했지만, 지아키는 의외로 논리적이지 못한 면이 있다.

처음으로 다카오와 제대로 얘기를 한 것은 토너가 떨어진 프린터 옆에서였다.

다카오는 보충용 카트리지를 들고 바닥에 무릎을 꿇고 있었다. 점검용 문을 열 때, 앞머리가 내려와 이마를 가렸다. 다카오는 무의식중에 머리를 쓸어 올렸다. 섬세해 보이는 손가락과 힘줄이 불거진 손등. 혈관은 파랗고 선명하게 불거졌다. 지아키가 이 사람은 좀 괜찮을지 모르겠다고 생각한 것은 그때였다. 평소 버릇대로 상대가 어느 정도 책을 읽었는지 확인하고 싶어서, 얼른 책 이야기부터 들어갔다.

"난조 씨는 책 많이 읽으세요?"

복사할 서류를 든 채, 지아키는 신경을 집중했다. 여기서 NO라고 하면 이 설렘에 미래는 없다.

"비교적 읽는 편입니다. 지금은 미스터리 쪽이 많지만, 옛날에는 SF 같은 걸 아주 좋아했어요."

흐음, SF라, 《사이버 펑크》 이후 지아키도 SF에서 멀어졌다.

"어떤 SF 작가를 좋아했어요?"

"르귄이나 딜레이니."

다카오는 레이저 프린터 내부에 손을 넣어서, 손가락에 토너가 묻어 컬러풀하게 지저분해졌다. 내려오는 앞머리는 그대로 두었다. 딜레이니는 잘 모르겠지만, 르귄은 아주 좋아하는 작가였다. 지아키의 눈은 몹시 눈부시고 핸섬한 사람이라도 발견한 듯이 가늘어졌다.

"르귄은 어떤 걸 좋아하세요?"

대부분은 여기서 《게드전기》 얘기가 나온다. 그 작품이 가장 유명한 시리즈이고 베스트셀러였다. 다카오는 지아키 쪽을 보지 않고 말했다.

"《어둠의 왼손》이나 《빼앗긴 자들》이려나요."

지아키는 이 사람, 합격이다! 하고 외치고 싶었다. 《어둠의 왼손》은 멋진 제목도 포함하여 지아키가 아주 좋아하는 작품이었다. 스스로도 놀라면서 이렇게 말했다.

"저기, 난조 씨, 다음에 서점에 같이 가지 않을래요? 난조 씨가 재미있게 읽은 책 소개받고 싶은데."

다카오는 빈 토너 용기를 들고 일어섰다.

"저기, 그건 데이트 신청인가요?"

다카오도 당황한 것 같았다. 토너가 묻은 손으로 앞머리를 쓸어 올렸다. 찰랑거리는 머리 몇 가닥에만 염색한 것처럼 파란 물이 들었다.

"음, 그럴지도요."

독신인 것 같다는 말은 들었지만, 지아키는 다카오의 나이도 애인의 유무도 모른다. 하지만 삼십 대가 되어 더 이상 돌아가는 길은 귀찮았다. 속궁합은 노력으로 개선할 수 있지만, 책을 읽지 않는 남자를 독서가로 만드는 것은 무리한 일이다. 남자들은 자신의 생활 스타일에 관해서는 바보같이 완고하다. 지적 향상심을 가진 남자는 전무에 가깝다.

지아키는 세련된 레스토랑이나 바 같은 곳보다 서점이 훨씬 좋았다. 아직 읽지 않은 책이 빼곡히 꽂혀 있는 책꽂이에는 거의 에로틱하다고 할 만한 흡인력을 느꼈다. 어떤 남성이 열중한 책은 그 사람의 학력과 경력보다 훨씬 깊은 곳에서 그 인물을 이야기한다.

지아키는 고친 프린터에 서류를 넣고 복사를 했다. 다카오는 멍하니 그 자리에 서 있었다. 요란스럽게 복사지를 뱉어내는 기계 옆에서 지아키는 높은 곳에 있는 다카오의 얼굴을 올려다보았다. 이십 대 초반, 필사적으로 노력하여 몸에 익힌 최고의 미소를 오랜만에 만들어 보았다.

"난조 씨 명함에 메일 주소 있었죠. 다음에 메일 보낼게요."

다카오는 의아한 얼굴을 하고 복도를 되돌아갔다. 조금 구부정한 등이 거대한 물음표로 보여, 지아키는 그게 또 우스웠다.

데이트는 그 주 토요일, 신주쿠에 있는 대형 서점으로 정했다. 오후 두 시에 정문 근처에서 만나기로 했다. 지아키는 시간에 딱 맞춰서 도착했다. 가을 신상인 회색과 핑크색의 아가일 체크무늬 앙상블에 트위드 바지를 입었다. 카디건은 입지 않고 어깨에 걸쳤다. 안에는 민소매 옷으로, 매끈한 두 팔은 지아키의 매력 포인트였다. 화장은 회사에 갈 때보다 배로 공을 들였다.

대형 서점 앞은 사람들로 붐볐다. 이런데 책이 팔리지 않는다니 믿을 수 없는 이야기다. 책을 좋아하는 지아키는 책은 점점 많이 출판되고 있는데 해마다 매출이 떨어지는 것이 유감이었다.

사람이 많은 것은 토요일 저녁이어서만은 아닌 것 같았다. 양쪽으로 열리는 유리문 옆에는 왜건이 나와 있고, 마트의 특가품처럼 같은 책이 잔뜩 쌓여 있었다. 그 책의 작가가 두 시부터 사인회를 연다고 한다. 게시판에는 멋을 낸 작가의 얼굴 사진도 붙어 있다. 지긋한 나이에 한껏 젊게 꾸미고 웃고 있다. 헤어진 나오유키를 닮은 탓도 있어서 지아키는 그 작가 책은 읽지도 않고 싫어했다. 사인회를 기다리는 줄은 이미 가게 안쪽 계단 위까지 뻗어 있었다.

'근데 난조 씨는 늦네.'

초조하게 휴대전화 액정 화면으로 시간을 확인하는데, 서점 1층 매장에서 박수와 환호성이 터졌다. 편집자의 안내를 받아 작가가 입장한 것이다. 입구 옆의 공간에 마련해 둔 하얀 천을 씌운 책상으로 향했다. 통이 좁은 청바지에 가슴에 거친 필치의 꽃다발이 그려진 하얀색 셔츠. 응? 이 사람, 사진보다 실물이 훨씬 낫잖아. 다음에 책 한번 읽어볼까. 팬이 아닌 지아키는 조금 떨어진 곳에서 작가를 냉정하게 관찰했다.

점장이 사인회 시작을 알리고 주의 사항을 말한 뒤에, 그 작가가 마이크를 잡았다.

"제 사인회에서는 촬영도 악수도 마음대로 하셔도 됩니다. 모처럼 이렇게 와 주셨으니 마음껏 즐기고 가세요."

또 박수와 환호성이 터졌다. 좀 시끄러웠지만, 이런 것도 괜찮을지 모른다. 전에 지아키는 아주 좋아하는 작가의 사인회에 간 적이 있었다. 그 작가는 이제 초로라고 해도 좋을 나이였지만, 수줍음이 많아서 시종 고개를 숙인 채 사인만 계속했다. 기왕 사인회를 하는 거라면 시선을 들어 팬들에게 얼굴을 보여주면 좋을 텐데. 그때의 책은 아주 재미있었지만, 사인회 인상은 씁쓸했다.

그런데 이 작가는 한 사람 한 사람과 악수를 하고, 휴대전화 카메라여도 아랑곳하지 않고 독자와 나란히 포즈를 취해 주었다. 사람들이 점점 움직였다. 계단으로 이어지는 행렬 속에서 지아키는 다카오의 얼굴을 발견했다.

다카오도 지아키를 발견하고 웃으며 손을 들었다. 오렌지색 스웨터에 베이지색 면바지. 신발은 갈색 가죽 스니커즈였다. 사복 센스는 의외로 괜찮았다.

몇 분 뒤에 차례가 되자, 다카오는 웃는 얼굴로 작가와 악수를 했다. 무언가 이야기도 나누었다. 지아키는 가게 반대편에서 그걸 보고 있었다. 다카오는 지아키에게 오더니, 씨익 웃으며 책을 내밀었다.

"약속 시간 전에 왔지만, 좋아하는 작가 사인회가 있는 걸 알고 줄을 서 버렸어요. 늦어서 미안합니다. 이거, 선물."

지아키는 커버를 씌우지 않은 책을 받아 들고 표지를 펼쳤다. 눈부신 은색 글씨가 춤을 추고 있었다.

'오리모토 지아키 님 LOVE'

그다음은 작가 사인이었다. 지아키는 힘이 넘치는 대문자 LOVE를 바라보았다. E의 마지막 가로획 끝에 유성 잉크가 뭉쳐서 작은 은색 호수처럼 반짝거렸다.

"아까 무슨 얘기 했어요?"

다카오는 별것 아니라는 듯이 어깨를 으쓱했다.

"이 지아키 씨하고는 어떤 관계입니까, 하고 묻더군요."

지아키는 얼굴을 들고 감정을 읽기 어려운 가늘고 긴 눈을 보았다.

"오늘 첫 데이트입니다만, 했더니 그렇게 써 주었어요."

젊은 척 꾸미긴 했지만, 제법 세련됐잖아, 하고 지아키는 생각했다.

"그 책 꽤 재미있어요. 난 이미 갖고 있으니까 그건 오리모토 씨 줄게요."

첫 데이트에 책 선물을 주는 사람. 지아키의 마음속에서 다카오의 점수가 쑥 올라갔다. 사인회가 열리는 등 뒤를 돌아보았다. 작가는 힙합 패션의 소년과 어깨동무를 하고 사진을 찍고 있었다. 저 작가는 아마 열 권 정도는 책을 낸 걸로 안다. 사인을 해준 답례로 오늘은 한 권 사서 돌아가자. 그런 식으로 자신의 돈을 의사 표시에 사용한다. 그것은 지아키가 일을 계속하는 큰 이유 중 하나였다.

지아키와 다카오는 북적거리는 사인회 회장을 떠났다. 조용히 책을 읽기에는 너무 번잡했고, 너무 눈부셨기 때문이다.

지아키는 엘리베이터를 기다리면서 다카오를 올려다보았다. 한번 좋은 인상을 가지자, 남자의 턱 선조차 어딘가 샤프해 보이니 참 희한하다.

"난조 씨가 좋아하는 책 매장으로 데려가 줄래요?"

다카오도 긴장한 걸까. 이미 켜져 있는 상승 버튼을 또 눌렀다.

"오리모토 씨한테는 지루할 텐데."

지아키는 용기를 북돋우듯이 말했다.

"큰 서점에는 아주 많은 책이 있잖아요. 그런데 언제나 자기가 좋아하는 곳만 보니까, 다른 코너를 알게 되면 신선하고 즐거울 것 같아요."

다른 손님과 함께 엘리베이터를 타서, 다카오는 6층 버튼을 눌렀다. 지아키는 어색한 침묵 속에서 안내판을 보았다. 6층은 공학 · 의학 · 약학 · 물리화학 매장이었다. 확실히 혼자서는 절대로 내리지 않을 층이다.

엘리베이터에서 내린 사람은 지아키와 다카오뿐이었다. 다카오는 냉방이 잘되는 조용한 서가 사이를 조금 앞장서서 걸어갔다. 책들이 내는 소리는 몹시 가냘프다. 이 정도의 정적이 책등에서 들려오는 속삭임을 듣기에 딱 좋은 것 같았다.

다카오는 공학 코너에 멈춰 섰다. 지아키는 낮은 칸에 꽂힌 책 제목들을 스윽 보았다.

《최신 팩토리 오토메이션》

《근대 공장의 탄생》

《수치 제어 Q&A》

하나같이 못 알아듣는 말이었다. 다카오는 두 번째 책을 꺼내 들었다.

"난 이과 출신이거든요. 사실은 세일즈 엔지니어보다 공장에서 일하고 싶었어요. 어릴 때, 집 옆에 작은 공장이 있었는데, 그 안을 들여다보는 걸 참 좋아했죠. 자동 선반이 여러 대 있고, 완성된 부품이 여기저기에서 톡톡 소리를 내며 떨어지고, 구형 캠과 태핏과 로커암이 찰칵거리고, 기계기름과 깎인 금속 냄새가 나고. 나한테는 그게 정말 그리운 냄새랍니다."

지아키는 공장을 그렇게 로맨틱하게 생각한 적이 없었다. 다카오는 AS 기사일 때와는 딴 사람처럼 표정이 부드러웠다.

"공장은 과학 기술과 경험에서 나온 현장의 제조 지혜를 최적화한 해답이랍니다. 이 시계를 보세요."

다카오는 손목시계의 가죽 벨트를 풀었다.

"이건 국산이지만, 아주 품질이 좋아요. 금속 케이스의 조립 정밀도도, 도금과 연마도 그 우수함이 가격이 열 배나 되는 스위스제에 뒤떨어지지 않아요. 일본 제조업은 아직 한참 저력을 갖고 있죠."

다카오는 시계를 뒤집어 보였다. 작은 시계의 뒷면은 그대로 거울로 사용해도 될 것처럼 매끄러워서 들여다보는 지아키의 눈이 비칠 정도였다. 눈은 두 팔과 함께 자신의 몸에서 가장 좋아하는 곳이었다. 이 사람은 『프로젝트 X』 같은 프로그램을 좋아할까? 지아키는 딴생각을 하면서 다카오에게 그윽한 시선을 보냈다.

다카오는 지아키의 매력 같은 건 전혀 눈치채지 못하고, 공장 관련 책을 책꽂이에서 빼고 있었다. 몇 권 골라 겨드랑이에 끼고 계산대로 향했다.

"그럼 다음은 오리모토 씨가 좋아하는 책 코너로 안내해 줄래요?"

지아키는 책을 좋아하는 남자에게도 문제가 있다는 것을 이미 깨닫고 있었다. 뭐랄까, 여성이 보내는 신호에 둔한 데가 있다. 넓고 곧은 등에 대고 말했다.

"성 말고 이름을 부르기로 하지 않을래요?"

다카오는 돌아보더니 곤란한 표정을 지었다.

"지아키 …… 씨, 고객이어서 좀 그래요."

지아키는 빠른 걸음으로 다카오와 어깨를 나란히 하고 빙그레 웃으며 말했다.

"그게 좋을 것 같아요. 나도 다카오 씨라 부르면 되죠."

이 사람이다 싶은 남자에게는 꽤 적극적이 된다. 십 대 때부터 지아키의 연애 습관은 달라지지 않았다. 그러나 연애란 게 그런 게 아닐까. 처음에 잘 먹혔던 기술을 계속 써먹게 된다. 설령 실패한다 해도 그렇게 많은 기술을 구사할 수는 없다.

사랑에는 분명 0이나 1밖에 없어서 상대와 헤어진 순간에 모든 것이 리셋된다. 지아키가 느낀 설렘은 첫사랑 때와 전혀 다르지 않았다.

지아키가 다카오를 데리고 간 곳은 4층 자연과학 코너였다. 소설 이외에는 식물에 관한 책을 읽는 걸 좋아했다. 지아키는 그곳에서 사인본의 답례로 18세기 식물도감 복제판을 다카오에게 사 주었다. 열대 식물의 선명한 삽화를 넉넉한 여백을 살려서 배치한 대형 책으로, 진열대(지아키는 거실에 그런 것을 두고 있었다) 등에 펼쳐서 장식해 두기만 해도 멋진 인테리어가 된다.

다카오는 고맙다며 받아 들고 지아키의 손을 보았다. 그 서점은 제일 위층에 카페가 있어서 3,000엔 이상을 구매하면 무료 음료권을 주었다.

"지아키 씨, 차 한잔할까요?"

괜찮다고 생각하는 남자가 이름을 불러주는 것은 기분 좋은 일이다. 두 사람은 이번에는 엘리베이터가 아니라 에스컬레이터를 탔다. 각 층 매장의 분위기와 사람들의 이용 정도를 확인하고 싶었다. 백화점과 마찬가지로 그곳에 모인 손님의 모습을 보는 것도 대형 서점의 즐거움이었다.

도로 쪽으로 난 9층 창가에는 긴 목제 카운터가 있었다. 지아키와 다카오는 정면을 보며 나란히 앉았다. 창밖에는 신주쿠의 가을이 펼쳐졌다. 빌딩과 네온사인은 시야 저 너머까지 원색의 파도처럼 이어졌다. 아래쪽 도로에는 늦더위에 지지 않고 가을

옷차림을 한 여성들이 자세 바르게 걸어가고 있었다. 남녀 비율은 3 대 7 정도일까. 남자들은 이런 날씨 좋은 토요일에 집에서 뭘 하는 걸까. 다카오가 포도 주스를 한 모금 마시고 말했다.

"이 유리창 말이죠."

지아키는 끄덕였다. 또 무슨 공장 이야기를 하려는 걸까.

"어떻게 이렇게 평평하고 균일하게 만드는지 알아요?"

마치 퀴즈 프로그램 같았다. 하지만 지아키는 대부분의 여성이 그렇듯이 잡학에 강한 남자에게 약했다. 삼십 대여도 봐줄 만할 정도로 귀엽게 고개를 저었다.

"몰라요."

"띄우는 겁니다. 흔히 플로트 유리라고 하잖아요. 녹인 유리 원료를 녹은 금속 풀(pool)에 천천히 부으면 비중이 가벼우니까 윗물처럼 떠올라요. 유리 위쪽은 표면장력으로, 아래쪽은 금속과의 경계면 장력으로 평평해지죠. 그걸 천천히 식히면 이렇게 엄청나게 깨끗하고 정밀도가 높은 판유리가 완성돼요."

지아키는 아이스티를 천천히 마셨다. 머리가 샤프한 이과 계열 남자도 괜찮구나. 이런 잡학을 며칠에 한 가지씩 들으면 즐거울 것 같다. 슬슬 승부 카드를 꺼낼 시간이었다.

"저기, 다카오 씨에 관해 전혀 모르는 상태에서 데이트를 신청했는데, 민폐가 아니었는지? 여자 친구 있겠죠?"

다카오는 창밖의 맑은 가을 하늘을 보았다. 지아키는 숨을 죽이고 남자의 옆얼굴을 바라보았다.

"없어요. 난 돌싱입니다. 최근 몇 년, 여자라면 지긋지긋했어요. 왠지 같은 실수를 되풀이할 것 같아서 아무하고도 사귀지 못했죠. 이혼한 뒤 아내가 그러더군요. 당신은 책만 읽고 시시한 과학 이야기만 한다고. 그렇게 이론만 얘기하는 남자 진절머리 난다고."

또래의 남자라면, 게다가 좀 괜찮은 남자라면 사연이 있을 만도 하다고 지아키도 생각했다. 자신도 지금까지 두 번 정도 결혼할 뻔한 적이 있었다.

"책을 읽지 않는 사람이었어요?"

다카오는 지아키 쪽을 보고 유쾌한 듯이 웃었다.

"지아키 씨는 상대가 괜찮은 사람인지 아닌지를 책을 읽는가 읽지 않는가로 결정하는 것 같군요. 책 성애자인가. 전처는 전혀 읽지 않는 타입이었어요. 휴일에는 밖에 나가지 않으면 성이 풀리지 않고, 조용히 책 읽는 걸 절대 못하는 사람이었죠."

"영화 『러브 스토리』였던가. 대학생 커플이 한 소파에 각자 다른 방향으로 누워서 책을 읽는 장면이 있었죠. 그게 내게는 연애 중에서 가장 눈부신 이미지였어요. 그 영화를 처음 본 고등학생 때부터."

다카오는 신기하다는 얼굴로 포도 주스를 마셨다.

"그런 거라면 간단하지 않나요. 지아키 씨라면 그런 남자들 얼마든지 입후보했을 텐데요."

지아키는 조그맣게 고개를 저었다. 자신의 나쁜 점은 누구보다 자신이 잘 안다. 남자가 조금 칭찬해 주었다고 우쭐할 수 없다.

"한 명밖에 없었어요. 그 사람하고도 헤어졌지만."

다카오는 지아키 쪽을 보지 않고 말했다.

"총무부 시마즈 씨죠."

"어머, 어떻게 알았어요?"

가늘고 긴 눈이 쑥스러운 듯이 더 가늘어졌다. 공장 마니아인 이과 출신도 이런 눈을 할 때가 있구나.

"둘이서 자주 책 얘기를 했잖아요. 기계 점검하면서 들었어요. 전혀 남 같은 분위기는 아니던걸요. 책 이야기를 할 때의 지아키 씨는 뭐랄까 …… 상당히 매력적이었어요."

눈앞의 신주쿠 거리에 새로운 해가 비치는 것 같았다. 시야 전체가 오물을 닦아내고 환하게 밝아졌다. 겨우 일곱 자의 말이 주는 힘에 지아키는 마음이 흔들렸다. 다카오는 표정이 굳어졌다. 일생일대의 대사를 뱉은 사람으로는 보이지 않았다.

"그래서 오늘은 이다음에 말인데요 ……."

지아키는 그제야 깨달았다. 다카오는 그다음 데이트를 어떻게 할지 몰라서 긴장하고 있었다. 자신을 유혹하기 위해 긴장하는 남자가 아직 있다니. 지아키의 마음의 눈에 비친 서점 카페는 더욱 색채를 더해갔다. 지아키는 구원의 손길을 내밀었다.

"오늘은 별다른 예정이 없으니, 좀 이르지만 시원한 맥주라도 마시지 않겠어요? 나, 다카오 씨하고 얘기하고 싶은 게 무척 많아요."

다카오는 거의 눈을 감을 듯이 가늘게 뜨고 웃었다.

"어차피 지금까지 읽은 책 이야기겠죠."

지아키는 소녀처럼 혀를 날름 내밀었다.

"네, 그렇지만, 그게 당신이 어떤 사람이고, 무엇을 좋아하는지. 어떤 식으로 살고 싶어 하는지 제일 잘 알 수 있거든요."

지아키는 창 너머를 보고 있는 다카오에게 말하고 싶었다. 이렇게 많은 책이 쓰인 것은 그 때문이다. 책은 하나하나가 작은 거울로, 읽는 사람의 마음속을 비추는 힘이 있다.

지아키는 카운터에 놓인, 긁힌 자국투성이인 다카오의 손을 보았다. 이 손을 잡는 것은 또 다음 기회여도 좋겠지. 오늘이 첫 데이트다. 지아키는 뺄 생각은 없었지만, 클라이맥스를 다음으로 미루는 것도 즐거울 것 같은 생각이 들었다.

지아키는 좋아하는 책이라면, 몇 번이고 읽고 싶다고 생각하는 타입이다. 다카오와 지아키의 이야기에 언젠가 최고의 위기가 온다고 하더라도, 그때까지의 페이지에도 분명 멋진 사이드 스토리가 기다리고 있을 것이다.

지아키는 카운터에 사인 책을 펼쳤다. 빛나는 은색 대문자가 춤을 추었다. 우리의 책은 오늘 이 순간에 이 말부터 시작하는 것이다. 그것이 어떤 결말을 맞이하건, 지아키는 도중에 읽기를 포기할 생각은 없었다.

가을 끄트머리의 이 주일

가을 끄트머리의 특별한 이 주일은 이사코의 생일부터 시작된다. 최근 몇 년째, 그날은 남편 도시다카와 함께 식사를 하는 것이 연중행사가 되었다. 오후 여섯 시에는 집을 나서야 한다. 프리랜서인 이사코는 집에서 방 한 칸을 작업실로 쓰고 있다. 컴퓨터 전원을 끄기 전에 메일함을 확인했다. 긴급한 문제 같은 게 없으면 좋을 텐데.

메일은 한 통뿐이었다. 보낸 사람은 옛날에 같은 회사에 근무했던 동료인 다니 고토미다. 고토미의 메일이라면 순조롭지 못한 결혼 생활의 하소연일 게 뻔하다. 나중에 읽어도 되겠지. 아무리 친구가 힘들어해도 불성실한 배우자의 불쾌한 이야기를 생일 저녁 식사 전에 읽어야 할 이유는 없다.

이사코는 컴퓨터 본체, 액정 모니터, 프린터 순으로 전원을 껐다. 작업 중에는 의식하지 못했던 희미한 팬의 소음이 멈추고,

작업실에 고요가 찾아왔다. 이제 이것으로 오프 시간이 시작되었다. 프리랜서이고, 게다가 집을 작업실로 쓰고 있으면 사생활과 일의 구분이 쉽지 않다.

이사코는 허밍으로 유행가를 부르면서 침실 화장대로 이동했다. 평소에는 별로 화장 같은 것 하지 않지만, 이날은 기초부터 꼼꼼하게 했다. 막 서른네 살이 된 데 비해서는 피부에 주름이나 처짐이 없다. 평소 화장을 안 하는 탓에 피부가 호흡을 잘해서인지도 모르겠다. 아니면 고토미가 권해서 먹고 있는 콜라겐 덕분일까.

눈썹을 그리고, 눈 위에 섀도를 바르고, 입술 윤곽을 평소보다 2밀리미터쯤 크게 칠했다. 원래 이목구비가 또렷해서 제대로 화장을 하고 나면 인도 여배우 같다. 그 정열적인 벨리 댄서. 작년 저녁 식사 뒤에는 이 침실에서가 아니라, 맨션 현관 앞에서 선 채로 했다. 어째선지 남편 도시다카는 이사코의 생일날 밤이면 더욱 격렬해졌다.

그 사람도 나이가 나이고, 일도 바쁠 테니 올해는 이제 그런 짓 안 할지도 모른다. 뭐, 가끔은 좀 격렬한 것도 좋을지 모르지만. 이사코는 어깨와 가슴을 한껏 노출한 뷔스티에를 입고, 진한 회색 슈트를 입었다. 마지막으로 깃에 모피가 달린 검은 롱코트를 걸쳤다. 구두는 어젯밤에 닦아둔 에나멜 펌프스가 현관에 준비되어 있다. 고토미가 붙여준 별명은 '쌩얼의 이사코'였지만, 나도 할 때는 한다고.

현관 거울 앞에서 백합꽃처럼 코트 자락을 부풀리며 한 바퀴 돌아보았다. 머리칼도 자연스럽게 넘어갔다. 이사코는 또각또각 힐 소리도 경쾌하게 맨션 복도를 걸어갔다.

도시다카의 회사는 요쓰야미쓰케에 있다. 사원이 다섯 명인 작은 광고 에이전시다. 이 불경기에 경영이 순조롭진 않겠지만, 그래도 창업한 지 십이 년째 잘 버텨 오고 있었다. 큰길에서 한 블럭 안쪽의 주택가에 있는 회사는 노출 콘크리트 건물로, 완성을 포기한 재색 적목 같았다.

건물 안에는 개인 주거도 있는 듯하지만, 대부분 개인 사무실이나 작은 회사 사무실로 이용하는 집합 주택이었다. 설계한 젊은 건축가도 이곳이 마음에 들었는지, 방 하나를 작업실로 쓰고 있다고 한다. 이사코는 노출 콘크리트가 싫었지만, 남편은 모던한 건축을 좋아했다. 계단을 올라가 2층에 있는 문을 열었다.

"안녕하세요."

밝게 인사를 건넸다. 실내는 구조가 독특해서, 높은 2층 건물이지만 중간층을 만들어서 3층 같은 효과를 내고 있다. 제일 위에 있는 사장실에서 도시다카의 목소리가 들렸다.

"오, 잘 왔네."

어시스턴트 디자이너인 요시이 에리카가 현관까지 마중을 나와, 손님용 슬리퍼를 꺼내 주었다.

"고마워요. 이거 이따가 같이 드세요."

이사코는 레어 치즈 케이크를 건넸다. 도시다카는 여직원의 외모를 중시해서 채용하기 때문에 예쁜 아가씨들뿐이다. 그 점에서는 이사코도 회사에 얼굴을 내미는 것이 즐거웠다.

"고맙습니다."

에리카가 밝게 인사하고는 목소리를 낮추었다. 이 사무실은 전체가 탁 트여 있어서 대화가 다 들린다.

"사장님, 오늘은 오후부터 계속 들떠 계셨어요. 저녁에 사모님하고 데이트하신다고."

결혼한 지 칠 년째인데 도시다카는 아직도 부채감을 느끼는 걸까. 그래서 이렇게 아껴주는 걸까. 에리카는 작은 소리로 말했다.

"역시 나이가 한참 어린 아내를 얻는 게 남자의 이상일까요? 사모님처럼 해마다 멋진 생일 선물을 받을 수 있다면, 저도 나이 많은 남자를 만날까 봐요."

이사코는 웃었다. 그런 건가. 나이 차가 많이 나건 어쩌건 결혼이란 일단 하고 나면, 단순한 공동생활이다. 거기에는 로맨틱한 것이 들어갈 여지가 아주 조금밖에 없다. 이사코는 작년 송년회 때 에리카의 남자 친구를 소개받았다.

"글쎄요. 가가미 씨도 멋있잖아요. 우리 남편은 죽도록 복근 운동해도 배가 볼록 나온다니까요."

머리 위에서 슬리퍼 소리가 났다. 난간에서 도시다카가 얼굴을 내밀었다.

"누가 늙은이고 배가 나왔다고? 에리카, 일이나 해. 내일 오후에 미팅 있잖아. 좋은 그림 잘 찾아봐."

네에, 하고 길게 대답을 하고 어시스턴트가 책상으로 돌아가자, 도시다카가 천천히 계단을 내려왔다. 몇 년 전에 이사코가 선물한 아르마니 실크 재킷을 입었다. 무슨 행사가 있는 날에는 언제나 이 차림이다. 머리는 이미 반백에다 앞머리 선도 꽤 후퇴해 있다. 처음 만났을 무렵에는 평평했던 배가 지금은 벨트 위아래로 볼록하게 나누어졌다. 그것도 어쩔 수 없다. 이 사람은 오는 생일이면 오십 대에 접어든다.

"자, 갈까."

이사코는 끄덕이고 펌프스를 신었다. 구부린 엉덩이를 도시다카가 쓸어내리듯이 쓰다듬었다. 말없이 손을 뿌리쳤다. 도시다카는 사장의 목소리로 말했다.

"오늘은 이만 퇴근할 테니까 문단속 잘 하고 가도록. 그럼 부탁한다."

요쓰야미쓰케 사거리로 나오자, 이사코는 얼른 지하철역을 향해 걸었다. 도시다카가 뒤에서 불렀다.

"모처럼 나왔는데 택시로 가."

아깝잖아, 라고 하려고 돌아보니 남편은 이미 큰길에서 손을 들고 있었다. 눈앞으로 미끄러져 온 택시 문을 잡고 말했다.

"자, 먼저 타시죠."

이 사람은 가끔 고집스러운 데도 있지만, 그게 매력이기도 했다. 이사코는 최근 늘어난 감색 택시에 올라타자 남편을 위해 자리를 비웠다.

"신주쿠 파크 하얏트요."

"네, 알겠습니다."

색깔뿐만 아니라 운전사까지 정중했다. 도시다카는 창밖을 보며 말했다.

"이사코는 또 한 살을 먹었네."

신주쿠교엔의 녹음이 어둡게 거리로 가라앉았다. 그 너머는 고층 빌딩이 삐쭉빼쭉 갉아먹은 도쿄의 환한 밤하늘이 펼쳐져 있다.

"그렇게 기뻐하지 말아요."

도시다카는 툭 하고 이사코의 무릎을 쳤다.

"기쁜 걸 어떡해."

역시 이 사람은 이상한 사람이다. 이사코는 그렇게 생각하며, 도시다카와는 반대쪽 창밖을 내다보았다. 이제 곧 겨울이지만, 따듯한 밤이었다. 여성들은 올해 산 새 옷을 자랑하고 싶어서 코트를 입고 있지만, 남성들은 슈트 차림으로 거의 코트를 입지 않았다. 다들 점잔 뺀 모습으로 걸어가고 있다. 이사코가 좋아하는 도시의 밤이었다.

호텔 앞에 도착한 택시에서 내리자, 키가 큰 도어맨이 맞아주었다. 도시다카가 귓가에 속삭였다.

"여기 도어맨은 전부 모델 같네. 어차피 얼굴과 키로 뽑는 거겠지. 옛날에는 남자는 얼굴 같은 걸로 승부하지 않았는데."

적절하게 어두운 복도를 걸어 안쪽 홀로 향했다. 고속 엘리베이터는 잠깐 한숨 돌리는 사이 52층까지 두 사람을 데려다주었다. 마법의 카펫이라도 탄 것 같다. 엘리베이터 문이 양쪽으로 열리자, 밤하늘을 배경으로 한 대나무 화단이 나타났다. 잎이 전혀 살랑거리지 않아서, 실물 크기의 정교한 모형 같아 보였다.

이사코와 도시다카는 한층 어두워진 로비를 천천히 걸어갔다. 샐러리맨 그룹이 스쳐 지나가자, 도시다카가 말했다.

"저 친구들에게는 우리가 무슨 사이로 보일까?"

그것은 남편이 좋아하는 게임이었다. 이사코는 분위기를 맞춰

주었다.

"아빠하고 딸."

"그렇게까지는 아니겠지. 하지만 부부로는 보이지 않을 거야."

복도 중간에 있는 데스크에서 직원이 미소 지으며 두 사람에게 인사를 건넸다. 이사코도 웃어 주었다.

"무리죠. 기껏해야 중소기업 사장과 부하 여직원의 불륜 커플 정도 아닐까요?"

어두운 거울 속에 두 남녀의 모습이 다가왔다. 좌우에는 이 호텔의 자랑인 서고가 있다. 남자는 약간 지쳐 있지만, 동세대와 비교하면 아직 젊어 보이는 마흔아홉 살, 여자는 어른스럽게 꾸민 서른네 살이었다. 도시다카는 레스토랑에 들어가기 전에 말했다.

"이사코는 이번에 한꺼번에 다섯 살쯤 먹지 않을래?"

"싫어요. 왜 그래야 돼요? 그러면 나도 눈 깜짝할 사이에 마흔이잖아요."

도시다카는 고개를 돌리고 말했다.

"마흔이 아니라 서른아홉이지. 그것도 내가 보기엔 너무 젊어."

검은 슈트를 입은 플로어 담당이 고개를 숙이며 맞이했다.

"어서 오십시오."

도시다카는 익숙하게 말했다.

"예약한 후지키입니다."

안내받은 곳은 벽 쪽에 칸막이를 하여 룸처럼 꾸민 테이블이었다. 도시다카가 글라스 샴페인으로 괜찮은가 물어서 이사코는 끄덕였다. 두 사람 다 몸무게를 신경 쓸 나이였지만, 개의치 않고 스테이크가 메인인 코스를 골랐다. 건배를 한 뒤, 남편은 재킷 주머니에 손을 넣었다. 기쁜 듯이 말했다.

"이사코, 생일 축하해. 올해도 한 살 더 나를 쫓아왔네."

키 큰 샴페인 잔을 들어 한 모금 마셨다. 샴페인이 따끔따끔 간질이듯이 목을 찌르는 것은 이 사람 탓일까. 자세히 보니 눈가의 주름이 깊어지고, 눈 밑도 처졌다. 모두 이사코가 좋아하는 부분이다.

도시다카가 테이블에 올린 손을 펼쳤다.

"자, 생일 선물. 요전에 갖고 싶다고 했던 시계."

그건 팔찌처럼 가는 불가리 손목시계였다. 둘이서 백화점 진열장에서 보고 한숨을 쉬었던 시계다.

"어머, 이렇게 비싼 걸 받아도 돼요? 고마워요."

이사코는 커다란 손바닥에서 예쁜 물고기 같은 손목시계를 집었다.

"그렇지만 이거 그때 그 시계 아냐."

도시다카는 샴페인 잔 너머로 씨익 웃었다.

"어차피 몇십만 엔 쓰는 건 마찬가지니까. 좀 무리해서 좋은 걸 샀어."

이사코는 손에 든 시계를 확인했다. 모양은 비슷하지만, 그때 본 시계는 스테인리스 제품이었다. 그런데 이것은 핑크골드와 스테인리스 콤비다. 팔찌의 금색 모서리에 조명이 비쳐 미끄러지듯이 빛났다.

"기뻐라. 고마워요."

막 나온 샐러드를 먹으면서 이사코가 말했다.

"그렇지만 우리도 이제 결혼한 지 칠 년째잖아요. 당신, 언제까지 이렇게 비싼 선물을 줄 거예요? 이 뉴욕 그릴도 그렇고."

주위를 둘러보았다. 7할 정도 채워진 자리의 반은 외국인으로, 높이 5미터 정도 되는 격자창 너머에는 신주쿠의 야경이 펼쳐졌다. 창 아래 3분의 1을 차지하는 시내의 불빛은 조명을 낮춘 레스토랑보다 훨씬 눈부셨다.

"회사도 요즘은 좋기만 하지도 않잖아요."

자신이 프리랜서 작가로 고생하는 탓인지, 이사코에게는 걱정병 같은 게 있었다. 도시다카는 루콜라와 래디시를 한꺼번에 포크로 찍어서 입에 넣었다.

"어째서 서양 사람들은 이렇게 풀만 모아서 먹을까? 뭐, 지금은 견디는 시기지. 어느 광고 에이전시나 예산을 줄이고 있으니까. 그렇지만 아무리 견딘다고 해도 마음까지 움츠러들면 끝이야. 다들 불경기네, 돈이 없네 하고 요즘 너무 떠드는 것 같다는 생각이 들어."

이사코는 매료된 듯이 손목시계를 바라보고 있었다.

"그렇지만 불경기인 건 사실이잖아요."

"그렇긴 하지만. 거품 경제 때는 돈이 없어도 다들 있는 척했었어. 우리는 모두 남들이 하는 말을 똑같이 해야 안심하는 것뿐이지 않을까. 뭐, 이런 선물을 사는 걸로, 내가 더 분발한다면 싼거 아냐?"

이사코는 웃었다. 이 사람에게는 옛날부터 이런 면이 있었다.

"내가 선물을 받고 열심히 하는 게 아니라, 당신이 열심히 하는 거네요."

도시다카는 빙그레 웃으며 지론을 펼쳤다.

"물론 그렇지. 선물은 주는 사람의 즐거움이야. 내 돈 주고 사서 남에게 주잖아. 예수님 같은 거지. 사심이 없어진다고 할까, 내게는 마이너스밖에 남지 않는 것이 왠지 유쾌해."

이사코는 테이블로 몸을 내밀고, 소리를 낮추어 말했다.

"다음 당신 생일에 뭐 할까요?"

도시다카는 과장스럽게 얼굴 앞에서 손을 흔들었다.

"생각나게 하지 마. 오늘 밤에는 그런 얘기 하지 말아줘."

이사코는 개구쟁이 꼬마처럼 웃었다.

"그러게요, 이 주일 뒤면 쉰 살이네요."

이사코의 생일이 11월 5일이고, 도시다카가 19일. 두 사람의 생일은 이 주일 차이로 같은 전갈자리였다.

"이봐, 오늘 저녁, 당신이 사게 할 거야."

두 사람의 웃음소리는 높은 천장으로 올라가 주위의 점잖은 술렁임 속에 녹아들었다.

이사코와 도시다카는 기분 좋게 취해서 호텔을 나왔다. 현관 앞에서 아까와 같은 도어맨이 택시를 준비할지 물었다. 부탁하려고 하는 남편을 말리며 이사코가 말했다.

"차는 괜찮아요. 취기도 깨울 겸 걸어갈게요."

이사코는 도시다카의 팔짱을 끼고, 완만한 비탈을 내려갔다. 옆으로 택시가 지나가, 마른바람이 머리를 헝클었다. 겨울이 되려면 아직 한참 멀었을 것 같은 부드러운 바람이었다.

"역까지 가까우니까 걸어가요. 그리고 바로 차를 타는 것보다 둘이 이렇게 걷고 싶어요."

이사코는 나란히 서면 별로 키가 차이 나지 않는 도시다카의 팔을 가슴에 꼭 껴안았다. 오다큐 선의 산구바시 역까지는 1킬

로미터도 되지 않았다. 집은 거기서 세 번째 역인 히가시기타자
와에 있다. 도시다카가 말했다.

"결혼 전에는 이렇게 팔꿈치에 가슴이 닿으면 막 설렜는데."

이사코는 곁눈으로 취한 남편의 얼굴을 보았다.

"이제 설레지 않아요?"

"뭐, 전혀 아닌 건 아니지만, 나도 나이가 나이니까."

"아, 싫어라, 아저씨들은 하여간."

이사코는 마음에도 없는 소리를 하며 나이가 많은 남편을 놀
렸다. 도시다카는 갑자기 진지하게 말했다.

"우리가 처음 만났을 때, 이사코한테는 약혼자가 있었잖아. 그
젊은 남자와 결혼했더라면 지금보다 행복했을까."

이사코와 도시다카가 일터에서 처음 만난 것은 팔 년 전이었
다. 당시 이사코에게는 두 살 많은 약혼자, 고야노가 있었다. 도
시다카는 마흔한 살로 독신이었다. 생각해 보면 그 무렵이나 지
금이나 열여섯 살의 나이 차이는 변함없다. 이사코는 웃음을 머
금고 말했다.

"내가 야행성인 걸 알면서도 당신은 매일 아침 아무렇지 않게
전화를 했죠. 근무 시작하기 십 분 전. 직원들이 아무도 안 나와
서 심심해서 그렇다고 거짓말하면서."

헤헤, 하고 곧 쉰이 될 남자가 웃었다.

"곧 남의 사람이 될 걸 알고 있었지만, 죽어도 그렇게 끝내고 싶지 않았어. 사귀는 사이도 아니면서 민폐였나?"

이사코는 조그맣게 고개를 가로저었다. 나지막한 구름에 신도심의 불빛이 비쳐, 밤하늘에 구름의 하얀색이 선명했다.

"이제 기억도 안 나네요."

이번에는 도시다카가 이사코의 얼굴을 훔쳐볼 차례였다.

"처음 섹스했을 때도?"

이사코는 아무 대답도 하지 않고, 남편의 팔을 가슴에 꼭 안았다. 그때는 쾌감과 약혼자에 대한 죄책감으로, 끝난 순간 엉엉 울음을 터뜨렸다. 도시다카와 사귀게 된 뒤로는 더욱 힘들어졌다.

약혼자 집에 가서 사죄하고, 결혼식 일정을 전부 취소했다. 지금은 사이좋게 지내지만, 도시다카가 이사코의 집에 처음 방문했을 때는 부모가 현관에 발을 들이미는 것조차 허락하지 않았다. 놀기 좋아하는 광고 에이전시 사장에다, 나이가 열여섯 살이나 많으니 무리도 아니다.

이사코와 도시다카는 성실한 생활을 날마다 주위에 보여주는 것으로 모든 장애를 극복했다. 여자 좋아하고 화려하다고 들었던 도시다카는 결혼한 뒤 수상한 몸짓조차 보인 적이 없었다. 이사코가 물었다.

"당신은 옛날의 나처럼 젊은 여자한테는 흥미 없어요?"

남편은 간발의 차도 두지 않고 말했다.

"옛날의 이사코에게라면 흥미가 있겠지만, 이제 젊은 여자는 성가셔. 침대에서도 이것저것 다 가르쳐야 하고."

쑥스러워지면 이내 허리 아래 농담으로 달리는 것은 중년 남성의 버릇일까. 이사코는 흘끗 왼쪽 손을 보았다. 어둠 속에서 따스한 금색 빛이 손목을 감고 있다. 오늘 밤에는 서비스를 좀 해줄까나. 이사코는 적당히 살집이 있는 남편의 팔에 유방 끝을 들이밀었다.

그날 밤에는 평소 배가 되는 시간을 들여서 오랜만에 서로 껴안았다. 이사코는 처음 도시다카와 보낸 밤을 떠올렸다. 왜 너무 좋으면 나쁜 짓을 하는 것 같은 기분이 들까. 이제 결혼도 했다. 부모님에게도 친구들에게도 축복받고 있다. 그런데 울고 싶어진다. 이사코는 그날 밤, 지칠 대로 지쳐서 자는 남편 옆에서 조금 눈물을 흘렸다. 아마 나이를 한 살 더 먹어서 눈물도 많아졌을 것이다.

가을날의 일주일은 눈 깜짝할 사이에 지나갔다. 이사코는 전혀 개의치 않았지만, 도시다카에게는 이 이 주일이 특별한 것 같았다. 이 주일 동안은 열여섯 살이란 나이 차가 한 살 줄어서 열다섯 살 차이가 된다. 단지 그것만으로 남편은 기뻐서 어쩔 줄 모른다. 해마다 남편은 이 이 주일 동안 묘하게 다정해지고 젊어졌다.

사람에게는 몇 살이 돼도 달라지지 않는 것이 있는 법이다. 생기가 도는 남편의 얼굴을 보며, 이사코는 아직 만나기 전인 그의 청년 시절을 상상해 보았다. 분명 지금과 비슷했겠지만, 좀 더 밝았을지도 모른다. 나이를 먹으면 누구라도 진지하고 점잖은 것을 좋아하게 된다.

고토미가 자러 온 것은 생일날 저녁 메일이 오고 팔 일 뒤였다. 미리 연락을 받은 이사코는 손님용 이불을 햇볕에 말려 두었다. 현관에서 맞이하는 두 사람에게 고토미는 와인과 치즈가 든 종이 가방을 건넸다.

"오늘 밤에는 민폐 좀 끼칠게요. 이 집은 부부 사이가 좋아서 편하더라."

이사코는 작년에 고토미네 집에 놀러 갔을 때를 떠올렸다. 고토미와 남편 가쓰히로는 손님이 있건 없건 상관없이 큰 소리로 싸웠다. 이미 겉으로라도 사이좋은 척할 여유가 없었던 것이다. 그 후 일 년하고도 석 달. 생각해 보면 잘도 버텼다.

고토미를 거실로 안내하고 차게 해 둔 화이트와인 뚜껑을 땄다. 도시다카가 각자의 잔에 와인을 따르고 나자, 고토미가 불쑥 말을 꺼냈다.

"건배하기 전에 얘기해 버릴게요."

솔더백에서 접힌 서류를 꺼냈다. 테이블 한복판에 정중하게 펼쳤다. 이혼신고서는 티슈처럼 얇은 종잇조각이었다. 이 종이 한 장을 시청 창구에 제출하는 것만으로 혼인 관계는 아침 안개처럼 깨끗이 사라진다. 고토미는 펜 케이스에서 만년필을 꺼냈다.

"미안해요. 다른 친구들에게 부탁해 보았지만 다들 싫다고 해서."

도시다카에게 먼저 만년필을 건넸다. 증인 두 명의 서명 칸이 비어 있었다. 도시다카가 말했다.

"이런 일에 뒤로 빼다니 이해가 안 가네. 이건 그저 절차상 필요한 서류일 뿐인데. 실제 결혼 생활은 옛날에 끝났고, 이건 고토미 씨한테 새 출발 신고서 같은 거잖아요. 난 기꺼이 사인하겠어요. 앞으로 행복해져야 돼요."

그렇게 말하고 도시다카는 칸 밖으로 삐져나올 정도로 크게 후지키 도시다카라고 썼다. 생년월일, 주소, 본적을 차례로 써나갔다. 만년필은 남편에게서 아내의 손으로 넘겨졌다. 이사코도 말했다.

"당신도 가끔 좋은 말을 하는군요. 만날 야한 농담만 하는 게 아니라. 나도 찬성. 새 출발은 같이 천천히 해나가자고."

이사코도 후지키 이사코라고 썼다. 마지막 글씨까지 또박또박 쓰고 나서, 이사코는 만년필과 이혼신고서를 돌려주었다.

"정말 고마워. 재혼할 때도 두 사람한테 증인이 돼 달라고 할
까나."

순간 고토미의 눈에 어린 눈물은 웃음과 함께 얼른 말랐다. 그
리고 세 사람은 각자의 미래를 위해 건배했다. 고토미에게는 혼
자만의, 이사코와 도시다카에게는 두 사람 함께의 미래가 있다.
이사코는 그것뿐인 사실이 몹시 기뻤다.

그날 밤 일이다. 아사코는 불을 끈 침대에서 잠을 이루지 못하
고, 천장의 하얀 벽지를 바라보고 있었다. 왜 이 맨션도, 이 하얀
벽지도 변함이 없는 걸까. 언젠가 리폼하게 되면 꼭 벽지를 다시
발라야지. 이사코가 물었다.

"안 자요?"

눈을 감은 채 도시다카가 대답했다.

"응."

"아까 고토미한테는 미안하지만, 우리는 사이가 좋아서 다행
이란 생각이 들었어요."

"나도."

남편이 옆 침대에서 몸을 일으켰다. 침대 머리에 기대어 멍하
니 있다. 이사코는 그 무방비한 얼굴을 보니 도시다카도 나이를
먹었구나 하는 생각이 들었다. 그것도 별로 나쁘지 않다. 남편에

대한 마음은 전혀 변함이 없고, 매력도 있다. 다만 이 사람은 나이를 먹었다. 그것은 손을 포개는 것만으로도 안다. 이십 대 같은 탄력은 손등에조차 없어지고 있다. 그때 처음으로 이사코는 나이 차가 한 살만이라도 줄어드는 이 주일을 특별히 생각하는 도시다카의 마음을 알 것 같았다.

"나하고 결혼할 때 우리 부모님한테 미안하다고 생각했어요?"

큼직한 체크무늬 파자마를 입은 도시다카는 축 늘어진 곰 인형 같았다.

"그랬지. 그렇지만 가장 미안하다고 생각한 건 이사코였어."

남편에게 그런 말을 듣는 것은 처음이었다. 도시다카는 두 손을 머리 뒤로 깍지 끼고, 이사코처럼 천장을 바라보았다.

"그렇잖아. 여자 이십 대라고 하면 한창 꽃다울 때인데. 난 벌써 마흔이 넘었고, 이대로 평생 혼자 살까 하고 자포자기하고 있었어. 나이는 점점 먹고 몸은 늙어가니까. 나름대로 열심히는 하고 있지만, 당신한테 늘 미안한 마음이야."

이사코의 감은 눈 속이 뜨거워졌다. 그렇다. 마지막에 약혼자와 만났을 때 들은 말이 문득 생각났다. 젊은 그는 대기업 사원으로 해외 근무 경험도 있었다. 하지만 이별을 말하자, 도시다카와 자신을 비교하며 이렇게 말했다.

"그런 늙은이와 사귀어서 어쩌겠다는 거야. 지금은 돈이 좀 있지만, 어차피 영세기업이야. 나이도 나보다 열네 살이나 많고. 냉정하게 장기적으로 보면, 나와 결혼하는 편이 득이지 않아?"

그는 그 후 다른 여자와 결혼했다고 한다. 그 사람과 결혼해서 나하고 결혼하는 것보다 더 득이 되었으면 좋겠다고 이사코는 생각했다. 그것이 그의 가치관이다. 나는 설령 손해를 보더라도 나를 언제나 아껴주는 사람과 함께하고 싶다. 어려운 일 같은 건 아무것도 없었다. 옛날부터 이사코는 단순한 계산도 못 하는 타입이었다.

"그쪽 침대로 가도 돼?"

천장을 향한 채, 도시다카가 쑥스러운 듯이 말을 걸어왔다.

"응. 좋아요. 오늘 밤은 고토미가 있으니까 나도 소리를 죽이도록 애써볼게요."

"무슨 소리야. 그냥 안고 자고 싶은 것뿐이야."

이사코는 공기처럼 가벼운 솜털 이불을 걷어내고, 남편을 위해 자리를 비웠다. 팔을 활짝 펴고 기다렸다. 다음 주 그의 생일에는 무엇을 선물할까. 그 손목시계의 답례이니 이번에는 좀 무리를 해볼까.

따듯한 무게가 몸에 느껴지자, 가슴에서 숨이 쏟아지며 소리가 되어 흘러나왔다.

"조용히."

"괜찮아요. 고토미한테 들리게 할래요. 바로 재혼하고 싶은 기분이 들지도 모르니까."

파자마 속으로 손을 넣어 남편의 부드러운 배를 어루만졌다.

"나, 당신이 열여섯 살 위여도, 스무 살 위여도 분명 좋아했을 거예요."

"뭐야, 갑자기. 내년에는 다이아몬드가 들어간 손목시계를 갖고 싶은 거야?"

이사코는 깔깔 웃으며 안겨서, 쇄골과 쇄골 사이의 매끄러운 피부에 언제까지고 사라지지 않도록 힘껏 키스마크를 남겼다.

스타팅 오버

요즘 유행하는 다이닝바의 룸은 무염색 천의 커튼과 대나무를
가늘게 찢어서 가로로 엮은 발로 가리개를 해 놓았다. 어슴푸레
하게 비치는 커튼에는 그림자놀이처럼 사람들이 움직였다. 조
명은 어둡고, 마치 아시아의 변두리 리조트에라도 온 것 같았다.
부족한 것은 밤의 정글에 울리는 짐승들의 울음소리와 끈적거
리는 듯한 달콤한 공기랄까. 물론 도쿄 한복판에서 그런 걸 바라
는 것은 사치다.

　모리야 마유미는 옆에 앉은 친구를 보았다. 오쿠야마 미사코
는 성격은 남자처럼 시원스럽지만, 동성인 마유미가 보아도 아
찔할 정도로 글래머다. 서른을 넘어도 몸매가 전혀 흐트러지지
않았다.

　대체 몇 살까지를 젊다고 하는 걸까. 억지로 늘인 청춘에 달랑
달랑 매달려 언제까지고 자신이 성인이란 걸 의식하지 못하고

있다. 마유미는 손을 뻗치면 닿을 것 같은 벽으로 둘러싸인 별실을 무심히 둘러보았다. 미사코는 혼자 맥주를 들이켜더니 말했다.

"역시 이런 곳은 남자하고 오고 싶네."

아담한 일인용 등나무 소파가 네 개 있고, 가운데는 발리 섬 민가의 문을 그대로 상판으로 사용한 테이블이 있다. 나무가 갈라진 틈에는 누군가가 떨어뜨린 피스타치오 껍질이 껴 있다. 커튼이 갈라지고 한 남자가 얼굴을 들이밀었다.

"늦어서 미안."

도지마 고세였다. 안감에 털이 달린 청재킷과 찢어진 청바지. 고세는 서른이 넘었는데 아직 학생같이 입고 다녔다. 미사코가 말했다.

"왜 이렇게 늦어, 그보다, 네가 왜 여기 있는 거야?"

세 사람은 한때 같은 프로그램 제작사에서 일한 적이 있었다. 저임금, 장시간 노동, 게다가 인격을 빼앗긴 조연출이라는 이름의 노예 계급이었다. 함께 타일 바닥에 침낭을 깔고 잠깐 눈만 붙인 날들이 얼마나 많았는지 모른다. 그 회사는 이미 망하고, 세 사람은 각기 다른 제작사로 흩어졌다.

"뭐, 오면 어때. 그보다 오늘은 무슨 축하할 일이 있어서 모인 신년회라며? 언니, 여기 생맥주 하나."

웃옷을 벗고 고세는 얇은 트레이너 차림이 되었다. 가슴에는 '마요나마!'라고 튜브에서 짜낸 마요네즈 모양의 로고가 들어 있었다. 마유미가 말했다.

"그거, 우리가 만든 것!"

고세는 자신의 가슴을 가리키며 말했다.

"맞아, 유일하게 우리가 마음대로 할 수 있었던 프로그램."

미사코도 그리운 듯이 눈을 게슴츠레하게 떴다.

"『마요나마!』에 건배하자. 이제 브리지 씨는 손이 닿지 않는 곳에 있는 사람이 돼 버렸지만."

그렇게 말하고 뭔가 말을 잘못했다는 듯이 마유미를 흘끗 보았다. 마유미는 빙그레 웃었다.

"이제 괜찮아. 아무 느낌도 없으니까."

『마요나마!』는 젊은 코미디언을 모아서 대본 없이 하던 토크 쇼였다. 한밤중에 하는 생방송이어서 마요나마(마요[眞夜] + 나마[生]—옮긴이). 사회를 맡았던 브리지 호소이는 그 프로그램에서 인기를 얻어, 이제 골든타임에 자신의 이름이 걸린 프로를 갖게 되었다. 마유미와 호소이는 두 해 정도 사귀었다. 한때는 반동거에 가까운 생활을 한 적도 있다. 고세는 수습하듯이 말했다.

"뭐, 여자 나이 서른이면 이런저런 일이 있는 법이지. 그럼 미사코, 건배사를 띄워 봐."

미사코는 검은색 스웨터를 입은 가슴을 내밀듯이 하고 맥주잔을 들어 올렸다.

"하여간 이 인간은 만날 입장 곤란해지면 나한테 떠맡긴다니까. 분위기 파악 못 하는 디렉터는 출세 못 해. 그럼 새해 복 많이 받으시고. 그리고 마유미, 일 년 동안 금남 생활 잘 해냈다. 친구지만 훌륭했어. 건배."

고세와 마유미가 건배를 따라 하고, 신년회 겸 동창회는 시작되었다. 테이블에는 나시고렝에 광어 카르파초, 그린카레 등 국적 없는 민속 요리가 차려졌다. 고세가 드럼 스틱처럼 긴 젓가락으로 향채 샐러드를 집어 입에 넣고 말했다.

"그런데 말이야, 마유미는 왜 금남 생활을 결심했던 거야?"

미사코도 맥주를 한 모금 마시고 말했다.

"맞아. 난 일 년이나 남자 없이 살면 몸이 버티지 못하는데. 마유미는 작고 가냘파서 꼭 껴안으면 으스러질 것 같은 느낌이잖아. 나, 옛날부터 너 같은 스타일을 동경했어. 게다가 넌 남자한테 인기도 많고."

미사코는 대각선으로 앉은 남자를 흘끗 보았다. 고세는 알면서 모르는 척했다. 마유미는 행복한 기분으로 일 년 전을 떠올렸다. 작은 목소리로 말했다.

"그 이유, 정말 알고 싶어? 새해부터 칙칙한 얘기가 될 텐데."

고세가 몸을 앞으로 내밀었다.

"꼭 듣고 싶어. 괜찮으니까 얘기해 봐. 내가 이 넓은 가슴으로 전부 받아들여 줄 테니까."

주먹으로 트레이닝복 입은 가슴을 치는 남자를 곁눈으로 보며, 미사코가 말했다.

"바보 아냐? 그렇지만 일 년이나 계속된 결심, 나도 이유가 궁금해. 마유미, 여기서 전부 다 털어버리고 편안해져."

마유미는 칠 년째 만나는 두 친구의 얼굴을 번갈아 보고는, 천천히 얘기를 시작했다. 시선은 맥주잔에서 흘러내린 거품에 고정되었다.

"나한테는 항상 남자가 있었던 것, 두 사람 다 알지?"

고세는 열심히, 미사코는 어깨를 으쓱하면서 끄덕여 보였다. 마유미는 개의치 않고 얘기를 계속했다.

"첫 번째 남자와 사귄 것은 열여섯 살 때였어. 그 후 십사 년 동안 남자가 끊인 적이 없어. 가장 공백이 길었던 때가 육 일. 일주일 이상 남자 친구가 없었던 적이 없지."

고세는 휘파람을 불며, 미사코에게 한쪽 눈썹을 올려 보였다.

"그쪽은 어때?"

시끄러워, 하며, 미사코는 돌돌 뭉친 물수건을 던졌다. 마유미는 고개를 가로저었다.

"부러워할 것 없어. 하나도 좋은 일 없었으니까. 처음에는 난 인기가 많구나, 내가 마음만 먹으면 남자를 사귀는 건 간단하구나, 생각했어. 그런데 말이야, 작년 1월에 문득 깨달은 거야. 마침 딱 서른이 되어서 나 자신을 돌아봤지. 정말로 나는 인기가 많았던 걸까. 정말로 그 남자를 좋아해서 사귀었던 걸까. 호소이 씨하고 막 헤어졌을 때여서 나를 돌아보기엔 딱 좋은 기회였지."

"그랬구나."

고세는 그렇게 말하고 땅콩크림을 가로세로로 뿌린 광어회를 한꺼번에 다섯 점이나 젓가락 끝으로 돌돌 말아 한입에 넣었다. 마유미는 거품이 사라진 맥주를 홀짝이고 말했다.

"옛날의 나는 크리스마스나 황금연휴, 여름휴가 등, 무슨 이벤트가 있을 때 상대가 없으면 외로워서 견디질 못했어. 그런 이벤트 직전에 남자 친구가 없으면 부랴부랴 새로운 남자를 찾고 그랬지. 아무라도 좋으니 옆에 있어 주기만 하면 돼, 하고 필사적이었어."

시선을 떨어뜨린 채 혼자 웃었다. 고세는 마유미의 얼굴을 빤히 보았다.

"그런 건 사실 인기 있는 거라고 할 수 없는 거잖아. 알코올이나 니코틴이나 명품 같은 것처럼 그저 남자에게 의존한 거지. 정신을 차리면 간단한 건데, 십오 년 가까이 난 전혀 깨닫지 못했어. 사람은 정말로 남의 연애는 잘 알면서 자기 일은 잘 모르는 것 같아."

미사코는 커튼 너머로 지나가는 그림자에게 맥주를 추가 주문했다.

"그랬던 데는 무슨 이유가 있었던 거야?"

마유미는 친구의 얼굴을 똑바로 보았다. 스스로도 눈에 힘이 들어가 있는 것이 느껴졌다. 옛날에 남자들을 유혹할 때 이런 눈을 했었다. 마유미는 무언가를 떠올린 듯이 웃으며 시선을 피했다.

"잘 모르겠어. 우리 아빠가 말수가 적고 무서운 타입인 데다 일이 바빠서 집에 별로 없었던 탓도 있지 않을까 몰라. 나, 좀 파더 콤플렉스 같은 게 있거든. 그렇지만 두 시간짜리 드라마처럼 성적 학대나 가정 폭력 같은 건 없었어. 우리 집은 아주 평범한 가족이었다고 생각해. 근데 어째서일까."

마유미는 맥주로 입술만 적셨다. 고세는 요리를 잇달아 먹어 치웠고, 미사코는 새 잔을 기울이며 다음 말을 기다렸다. 속을 다 아는 사이여서 무리하게 분위기를 띄울 필요도 없었다. 바깥은 1월의 밤이었다.

"호소이 씨하고 헤어지고 또 새로운 사람을 찾을까 생각할 때, 찰칵하고 스위치가 켜지듯이 뭔가를 깨달았어. 이십 대의 십 년은 남자에게 기대서 휘둘리며 살아왔구나. 그러니까 앞으로 십 년은 나를 바꾸자, 하고. 그래서 한 해 동안 아무리 멋진 사람을 만나도 사귀지 말자, 조용히 나 자신에 관해 생각해 보자, 그렇게 마음먹었어. 그것이 작년 설에 한 나의 새해 다짐."

미사코가 놀란 얼굴로 마유미를 보았다. 고세는 시선을 피하고 대나무로 짠 발을 보고 있다.

"그 결심이 흔들릴 때는 없었어? 일 년이면 길잖아. 괜찮은 남자도 많고."

마유미는 빙그레 웃었다. 높은 천장에서 내려온 종이 전등의 그림자가 부드럽게 떨어졌다.

"응, 지금 다니는 회사는 휴일을 잘 지켜서 첫 주말은 참 길더라. 이틀 동안 혼자 있는 것이 그렇게 힘든 줄 몰랐네. 청소하고 쇼핑하고, 그런 것도 금방 끝나고. 아무라도 좋으니 좀 놀아 주면 좋겠다고 생각했지."

고세가 끼어들었다.

"나한테 전화하면 될 텐데."

마유미는 고세에게 여유로운 미소를 보였다.

"그런데 말이야. 힘든 것은 첫 한 달뿐이었어. 시간이 갈수록 혼자 있는 것이 고통스럽지 않더라고. 봄이 될 무렵에는 일요일은 뭐 하지, 하는 생각을 하지 않게 됐으니까. 습관이란 게 무섭데. 데이트를 하는 것도, 혼자 있는 것도 의외로 바로 익숙해지던걸."

"흐음, 남자 없이는 안 된다던 마유미가 말이지."

미사코는 테이블에 턱을 괴고 오랜 친구를 바라보았다. 마유미는 수줍은 듯이 말을 이었다.

"내가 이런 말 하는 것도 웃기지만, 오히려 말이야. 다들 연애와 달력에 얼마나 휘둘리고 사는가 하는 생각을 했어. 달력에 이벤트가 있을 때마다 자동적으로 연애를 하다니, 우리가 컨베이어벨트도 아니고."

미사코가 웃으면서 놀렸다.

"혼자 멋진 소리 하고 있네. 하긴 마유미도 십 년 이상이나 연애 공장에서 죽어라 일했으니까."

"맞아. 그래서 서른 살이나 돼서 겨우 휴가를 받았지. 연애를 하지 않으면 안 된다, 남자와 함께가 아니면 여성으로서 나는 완전하지 않다. 그런 생각에서 자유로워지니 이렇게 공기가 가벼워지는구나, 하는 걸 느꼈어."

미사코가 웃으며 끄덕였다. 슬프지는 않은데 미사코가 끄덕여주니 마유미는 왠지 눈물이 났다.

"혼자 있는 건 나쁘지 않았어. 그래도 너무너무 쓸쓸할 때는 미사코가 놀아 주었고. 지난 일 년은 재활 기간 같은 거였어. 천천히 상처를 치료하고, 언젠가 누군가에게 배운 대로가 아닌 나

만의 방법으로 남자를 사랑하기 위한."

고세가 낮은 목소리로 말했다.

"그래서 이제 준비가 됐냐?"

마유미는 아이처럼 고개를 저었다.

"그런 건 모르겠어. 지금도 불안은 있고, 또 같은 짓을 되풀이하지 않을까 걱정돼. 그러나 적어도 일 년 전보다는 성장했어. 주말 이틀 동안 혼자 있는 걸 견딜 수 있게 됐으니. 나로서는 그것만으로도 장족의 발전이야."

미사코는 두 잔째의 맥주를 비우고 거침없이 말했다.

"나도 마유미한테 많이 도움 받았어. 내 경우, 그 사람이 유부남이잖아."

고세도 마유미도 턱 끝으로만 끄덕였다. 같은 회사에 다닐 때의 상사와 사귄 지 벌써 육 년째나 된다.

"어차피 가족이 있는 남자는 이벤트 휴가는 모두 아내와 자식들을 위해서 보내니까. 크리스마스나 설에도 내 스케줄은 다 비었지. 작년 일 년은 마유미가 놀아주어서 별로 힘들지 않게 보냈어. 어이, 고세, 그렇게 먹기만 하지 말고. 너의 여자관계는 어때?"

고세는 젓가락을 놓고 맥주로 입을 헹궜다. 등을 쭉 폈다. 마유미는 늘 익숙한 남자 친구가 웃으면 눈가에 깊은 주름이 생긴다는 사실을 처음으로 깨달았다.

"나야 뭐, 만날 일하고, 먹고, 자고, 놀고. 여자한테 관심 없어. 내 주변의 삼십 대 남자들은 대부분 그런 식이야. 자유롭지만, 여자도 지금도 없이 정신을 차리고 보니 어느새 이십 대는 끝났더라. 언젠가 결혼할지도 모르지만, 별로 하지 않아도 괜찮을 것 같다, 이런 분위기. 부모님은 잔소리가 심하지만. 화장실 좀."

고세는 말하던 도중에 소파에서 일어나 커튼 사이를 빠져나갔다. 좁은 별실에 남은 마유미와 미사코는 눈을 마주쳤다. 마유미가 말했다.

"고세는 나이를 먹어도 여전하네."

미사코는 새우 전병을 새콤달콤한 소스에 찍었다.

"착한 녀석이지만 별로 출세할 것 같지는 않아. 요령도 없고, 말주변도 없고. 마유미, 너도 알았지?"

"뭘?"

"고세, 우리가 같이 일할 때부터 너한테 관심 있었던 것. 오늘도 내가 너하고 한잔한다니까 바로 따라나오는 걸 봐. 의외로 아직 마음이 있는 것 아닐까."

"전혀 몰랐어. 그렇지만 출세는 못 할지 몰라도 고세하고 사귀는 여자는 행복할 것 같은 느낌이 들어."

미사코는 맥주를 꿀꺽꿀꺽 마셨다.

"그 점이야. 어째서 여자들은 이 사람하고 있으면 행복하겠다고 생각하는 남자하고는 사귀지 않는 걸까. 고세는 말이야, 나쁜 녀석이 아냐. 그렇지만 섹스는 좀 못할 것 같지."

마유미는 아무도 앉아 있지 않은 일인용 소파를 보고 있었다. 인체 모양의 의자에 따뜻한 공기가 남아 있는 듯한 기분이 들었다.

"그럴지도 모르지. 그렇지만 섹스는 잘 못해도, 고세는 끝난 뒤에도 줄곧 손을 잡아줄 타입일 것 같아."

미사코는 옆에 앉은 친구를 새삼 보았다. 마유미는 얌전한 것 같으면서 이따금 대담한 발언을 할 때가 있었다.

"마유미도 제법이네. 정말로 그럴지도 모르겠는걸. 남자 친구 때문에 하소연하는 걸 밤새 들어주는 남자도 생각해 보면 고세뿐이었어. 그러는 동안 내 가슴을 슬쩍 본다든가 하는 짓도 하지 않고. 꽤 괜찮은 녀석일지도 몰라. 뭐, 나는 절대 섹스하고 싶지 않은 타입이지만."

커튼 너머에 그림자가 어른거리고 고세가 돌아왔다. 앉으면서 말했다.

"무슨 이야기야. 또 누구 뒷담화야?"

마유미와 미사코는 나란히 소리 내어 웃었다. 고세가 말했다.

"이 가게, 커플들이 로맨틱하게 저녁 먹는 곳 아냐? 이 방뿐이야. 이렇게 건전한 곳은. 화장실 가면서 봤는데 다른 방은 꽤 진하던걸."

"오, 정말? 그럼 한번 보러 갈까. 내가 돌아오면 2차 가자."

오케이, 하고 고세가 대답하고, 미사코가 바로 나갔다. 고세는 침묵이 어색했는지, 남기면 아까우니까, 하고 중얼거리더니 큰 접시에 남은 요리들을 먹어치웠다. 마유미는 그런 고세를 묵묵히 보았다. 미사코가 돌아올 때까지, 자신의 입술에 작은 미소가 번지고 있는 것도 느끼지 못했다.

밖으로 나왔을 때는 이미 자정이 지나 있었다. 공기는 얼음처럼 차가웠지만, 새해인 탓인지 지저분하지 않고 맑았다. 시부야 거리는 낮과 별다를 바 없는 인파로, 두꺼운 옷을 입은 젊은 남녀가 입에서 굴뚝처럼 하얀 입김을 토하며 즐거운 듯이 걸어갔다. 고세가 발을 굴리면서 말했다.

"다음에 어디로 갈까?"

미사코가 혼자 먼저 언덕을 내려가면서 말했다.

"모처럼 만났는데 듀크에 가자. 벌써 몇 년째 안 갔네."

듀크라는 바는 하라주쿠에 있다. 도산한 제작사가 있던 빌딩 지하로, 한때는 매일 밤 마시러 갔던 곳이다. 심야 식사는 싸고 배부른 것뿐. 그래도 술값을 못 내서 다음 달로 미룬 적도 있다.

"택시 잡을까."

미사코가 돌아보지도 않고 말했다.

"됐어. 술도 깰 겸 걷고 싶어. 어차피 십 분도 안 걸리잖아."

왼쪽에 전철이 정차해 있는 선로가 어두운 벽처럼 이어졌다. 미야시타 공원을 지나도 미사코의 걸음은 멈추는 법이 없었다. 마유미와 고세를 떼어놓고 가듯이 가로등 하나 사이를 두고 어깨를 들썩이며 걸어갔다. 고세가 말했다.

"저 녀석, 왜 저러지. 우리를 배려해 주는 건가."

마유미는 입에 손을 모으고 소리쳤다.

"미사코, 무슨 일 있었어?"

하얀 입김이 가로등에 번져 예뻤다. 아마 작년 1월에도 이런 밤이 있었던 것 같은 기분이 들었다. 일 년 동안 혼자 걸어보기로 결심한 그날 밤. 미사코는 마유미가 부르는 소리에 대답도 하지 않고, 넓은 길 위의 육교로 올라갔다.

"뭐야, 저 녀석."

고세는 이상하다는 듯이 말했지만, 마유미는 걱정이 되어 뛰어갔다. 고세도 마유미의 흔들리는 하얀 머플러를 따라 쫓아갔다. 하얀 털실 끝은 어두운 보도 위에서 예측 불능의 움직임을 보였다. 마유미와 고세가 육교 계단 층계참까지 올라갔을 때, 육교 한복판에서 미사코가 소리쳤다.

"유지, 바보 같은 놈, 이제 끝이야!"

미사코는 팔을 크게 휘두르며 무언가를 던졌다. 그것은 반짝반짝 빛나면서 날아가더니 이윽고 딱딱한 것이 깨지는 마른 소리가 났다. 휴대전화 같았다. 마유미는 친구 옆에 섰다. 미사코는 어깨로 거칠게 숨을 쉬며 하라주쿠의 밝은 밤하늘을 노려보았다. 눈물이 가슴을 타고 흘러내렸다.

쫓아온 고세는 아무 말도 할 수 없었다. 육교 반대편 난간에 기대서서 울고 있는 등을 바라볼 뿐이다. 미사코가 숨을 가다듬고 말했다.

"마유미가 아까 말했잖아. 정말로 좋아서 사귀는 걸까. 그저 의존하는 게 아닐까, 하고. 아까 그 가게 화장실에서 거울을 보는데 나 갑자기 웃음이 나더라. 화장실 문 잠그고 눈물이 나도록 웃었잖아. 난 요 몇 년째 줄곧 기다리기만 한 것 같아."

고세가 말했다.

"뭘?"

"계기. 유지와 헤어져서 진흙탕에서 발을 씻을 계기. 이런 관계를 계속해 봐야 끝도 없고, 아무도 행복해지지 않아. 그건 한참 전부터 알고 있었어. 그쪽은 나와 사귀는 동안 둘째 아이가 태어났어. 웃으면서 들었지만, 마유미의 말이 아프게 와 닿더라."

마유미는 그제야 친구의 어깨에 손가락 끝을 올릴 수 있었다.

그 손가락이 닿자, 미사코가 말했다.

"내일부터 유지하고 연락하지 않을 거야. 만나지도 않을 거야. 전부 깨끗하게 없던 일로 할 거야. 난 마유미처럼 강하지 않으니까 일 년이나 남자 없이 견딜 수 없겠지만, 봄이 올 때까지는 남자를 사귀지 않을 거야. 오늘 밤 여기서 너희들에게 약속할게. 지키지 못하면 아무리 비싼 술이라도 쏠 테니까."

미사코는 그렇게만 말하고 눈물을 닦더니 등을 곧게 폈다.

"가자, 듀크에서 기분 전환이다."

"잠깐만."

고세가 육교 반대편에서 올라왔다. 새해의 밤하늘을 향해 미사코를 중심으로 세 사람이 나란히 섰다. 마치 언젠가 올 새벽을 필사적으로 기다리는 것 같았다. 고세는 잠긴 목소리로 말했다.

"나도 얘기 좀 할게. 오늘은 여자 둘이 멋진 거 다 해먹었으니."

고세는 흘끗 미사코 너머로 마유미 쪽을 보았다.

"벌써 육 년 전이지만, 마유미는 기억하려나. 지금 사귀는 남자랑 헤어지고 괜찮은 남자 만나지 못하면 나하고 사귀어 보자고 했던 말. 장소는 지금 가는 듀크였는데."

마유미가 조그맣게 끄덕였다.

"그렇지만 그때 고세는 취해 있었잖아."

미사코는 울다 말고 느닷없이 고세 쪽으로 고개를 돌렸다.

"너, 또 그런 중요한 소릴 헤롱헤롱 술 취해서 했구나!"

"맞아. 어쩔 수 없잖아. 나, 여자한테는 배짱이 없는걸. 미사코처럼 한밤중에 남자의 이름을 부르며 휴대전화를 부숴버릴 만큼 야만스럽지 않아."

세 사람의 웃음소리가 세 그루의 하얀 기둥이 되어 모였다. 밤바람이 하늘로 입김을 날렸다.

"그리고 말이야, 나 그때 또 한 가지 중요한 말을 했는데, 그건 기억해?"

마유미는 고개를 가로저었다. 난간에 올린 손은 시린데 마음속 심지는 묘하게 따뜻했다. 1월 한밤중인데 전혀 추위를 느끼지 못했다.

"난 똑똑히 기억하고 있어. 만약 서른이 돼도 서로 짝이 없으면 시험 삼아 같이 살아보지 않겠냐고 말했지."

미사코가 어깨를 으쓱해 보였다.

"그건 좀 귀여운 여자아이를 보면 남자들 으레 하는 소리잖아."

"넌 시끄러워."

고세는 미사코와 마유미 사이에 비집고 들어왔다.

"내 마음은 변함없어. 아까 얘기를 들어보니, 마유미하고 갑자기 어쩌고저쩌고 하는 건 어려울지도 모르겠네. 하지만 언젠가 마유미가 남자하고 사귀고 싶은 마음이 들면 나한테 연락해 주지 않을래? 같이 재활 치료하는 정도는 나도 할 수 있으니까. 바보라고 하겠지만, 나도 서른 살이 돼서 비로소 어른이 됐구나 하는 생각이 들어."

미사코가 남자의 저쪽에서 눈물 그렁거리는 눈으로 마유미에게 끄덕여 보였다. 마유미는 온몸으로 다음 말을 기다렸다. 고세의 목소리는 오래 만나왔지만 한 번도 들은 적 없었을 만큼 진지했다.

"난 별로 괜찮은 남자는 아냐. 돈도 별로 없고, 출세도 못 할지 몰라. 호소이 씨처럼 번쩍이는 재능 같은 것도 없어. 그렇지만 마유미를 좋아하고, 마유미가 지금까지 경험해 온 모든 것을 받아들이고, 함께 살아갈 수 있어. 옛날에는 마유미의 남자 친구를 생각하면 미워서 견딜 수 없었어. 그런데 이제 괜찮아. 마유미는 괴로운 가운데서도 혼자 애써서 손으로 더듬어가며 벽을 넘었어. 난 보고 있을 수밖에 없었지만, 마지막까지 기다렸어. 그러니까 우리한테는 기회가 있어."

미사코는 멀어져 가는 자동차의 빨간 꼬리등을 지켜보면서 말했다.

"나한테도 있을까, 기회."

고세는 힘차게 하얀 김을 토했다.

"물론 있지. 우린 비틀거리면서도 어떻게든 삼십 년을 버티어 왔잖아. 한 번 더 모든 것을 시작할 기회는 누구에게나 있을 거야. 그런데 말해두지만, 미사코는 나한테 반하지 마. 나한테는 마유미가 있으니까."

미사코가 엉덩이에 돌려 차기를 해도 고세는 웃고 있었다. 세 사람은 말없이 육교 위에 펼쳐진 밤하늘을 바라보았다.

마유미는 생각했다. 어째서 눈앞에 있는 간단한 것을 깨닫는 데 십 년이나 걸렸을까. 어른이 된 몸에 마음이 따라오는 데 어째서 십 년이나 필요할까. 하지만 그것이 당연할지도 모른다. 우리는 응석을 부리며 자랐고, 안일함 속에서 자신을 외면하기에 급급했다. 누구나 마찬가지일 것이다. 모퉁이 저쪽에서 갑자기 찾아온 현재라는 시간에 몸도 마음도 구속되어 우두커니 멈춰 서 있을 수밖에 없었다. 그렇지만 그 사실을 깨달았을 때부터 다시 시작하면 된다. 새로운 해와 새로운 사람은 분명 찾아올 것이다. 고세의 말처럼 기회는 언제든 있다. 이날 밤의 다짐을 잊어버린다면 되풀이해서 떠올리면 된다.

미사코가 난간을 밀쳐내고 말했다.

"여기서 얼어 죽기 전에 알코올이나 보충하러 가자."

그러고는 또 앞장서서 밤 위에 걸린 좁은 다리를 걸어갔다. 마유미와 고세는 서로 얼굴을 마주 보다, 뒤를 따라갔다. 새해의

거리로 이어지는 계단을 한 걸음씩 확인하듯이 내려갔다. 서두를 건 없었다. 다음 가게까지는 앞으로 오 분. 해가 뜰 때까지 넉넉히 네 시간이나 남았다. ✒*end.*

《1파운드의 슬픔》에는 달달하고 빛깔 고운 조각 케이크 같은 짧은 연애 이야기 열 편이 진열되어 있다. 여느 연애 소설과 달리 콩닥거리는 설렘보다 편안함으로 읽혔던 것은 주인공들이 모두 삼십 대이기 때문이었을까. 여러 차례의 연애에 실패도 해보고, 사회생활에 고전도 하고, 이제 심신이 공히 성숙해져가는 나이 삼십 대. 그들의 연애는 확실히 담담하고 차분하다. 뜨겁지 않다. 지금 만나는 남자, 혹은 여자를 목숨 걸고 사랑하는 것은 무모하다는 것을 그들은 경험으로 알고 있기 때문이다. 그런, 인생을 좀 아는 삼십 대의 연애 이야기 열 편은 하나같이 여유롭다.

언젠가 헤어질 때 소유권을 확실히 하기 위해 모든 물건에 이름을 써넣는 동거 커플(두 사람의 이름), 결혼식 하객과 결혼식 진행 스태프로 만나 연애를 시작하는 커플(누군가의 결혼식), 꽃집에서 파트타임으로 일하는 주부, 매주 그녀에게 꽃을 사러 오는 젊은 남자. 살짝 불륜으로 치달릴 뻔한 커플(11월의 꽃봉오리), 어느 날, 갑자기 목소리가 나오지 않게 된 게 계기가 되어 썸타기 시작한 직장 동료 커플(목소리를 찾아서), 육 년이나 사귀다 헤어졌다가 다시 만난 커플(옛 남자 친구), 결혼도 사랑도 아무 의미 없다고 생각하는 남자와 세상에서 가장 순수한 여자가 뜻밖의 장소에서 만나 사랑을 시작할 것 같은 커플(슬로 걸), 원거리 연애를 하며 한 달에 한 번씩 호텔에서 만나, 서로를 위해 화려한 섹스 퍼포먼스를 하는 커플(1파운드의 슬픔), 책을 좋아하는 사무기기 AS 기사와, 책을 좋아하는 남자가 이상형인 책벌레 직장 여성 커플(데이트는 서점에서), 열여섯 살 나이 차가 나는 부부(가을 끄트머리의 이 주일), 옛날 직장 동료에서 연인으로 출발하는 커플(스타팅 오버).

각양각색의 삼십 대 커플이 등장한다. 1파운드는 450그램. '1파운드의 슬픔'이란 제목의 의미는 심장에서 가장 가까운 살 450그램을 떼어내는 듯한 슬픔이란 말이다. 본문에 나오지만, 셰익스피어의 『베니스의 상인』에서 '심장과 가장 가까운 곳에 있는 살 1파운드를 베어 가겠다'는 계약서 문구에서 인용한 표현이다. 그러나 얼마나 슬픈 이야기일까, 울 준비는 되어 있다, 는 마음으로 읽기 시작한 표제작 〈1파운드의 슬픔〉은 열 편 중

유일하게 '화끈한 삼십 대의 섹스'를 그렸다. 그랬다. 삼십 대는 섹스를 하는 자세도 달랐다. 잔잔하고 평온하고 일상적인 연애 이야기에 빠져 있다가, 갑작스러운 성애 묘사에 당황한 게 사실이다(울 준비는 필요 없었다). 그러나 한편으로 농익은 섹스 또한 삼십 대의 연애답다는 생각이 들었다. 이 당황스러운 퍼포먼스는 작가의 섹스 판타지인가, 싶기도 했다. 이 사람은 이런 연애 소설도 능청스럽게 자연스럽게 잘 쓰는구나, 새삼 감탄스럽기도 했다.

그러고 보면 이시다 이라는 장르를 넘나드는 정도가 아니라, 거의 장르로 공기놀이를 하는 작가다. 그에게 소설에 장르를 가르는 건 무의미한 일. 추리 소설, SF 소설, 청춘 소설, 연애 소설 등등 다양하기 그지없다. 어느 일정 기간 같은 장르를 쓰다 새로운 도전을 해볼까, 하고 그다음은 다른 장르를 쓰는 게 아니라, 거의 동시다발적으로 다양한 장르를 섭렵했다. 적어도 그가 한창 전성기를 구가하던 십 년 전에는 그랬다. 이번에 재출간되는 《슬로 굿바이》《1파운드의 슬픔》《엔젤》도 그 시절의 작품이다. 옮긴이는 이 작품들과 비슷한 시기에 나온 두 작품을 번역한 적이 있지만, 연애 소설과 거리가 먼 청춘 소설과 SF 소설이었다.

한꺼번에 일곱 작품씩이나 연재할 정도로 왕성한 집
필 활동을 하고 있는 이시다 이라는, 현재 일본에서 더
할 나위 없이 잘나가는 작가 중 한 사람이다. 물론 우
리나라에도 《4teen》《LAST》 등 그의 대표작들이 속
속 번역되며 짧은 시간에 독자들이 눈덩이처럼 불어
나고 있다.

　　　　　　　　　—《블루타워》 '옮긴이의 글' 중에서

이시다 이라의 작품은 아무리 무거운 테마를 다루어
도 경쾌한 문장으로 리드미컬하게 스토리를 끌고 나
가다가 반드시 마지막에는 희망의 빛을 쫙 드리워주
며 끝나는 것으로 정평이 나 있다.

　　　　　　　—《도쿄 아키하바라》 '옮긴이의 글' 중에서

오랜만에 책장에서 꺼내 온 그 두 권의 역자 후기다. 앞에서 말
했듯이 이시다 이라가 발표하는 소설마다 드라마화되고, 영화화
되고, 베스트셀러가 되고, 상을 받으며, 엄청난 인기를 누렸던
'전성기' 때 작품들이다. 아무래도 다작을 하다 보니 작품 수준이
고르다고 할 수는 없지만, 대단한 에너지를 뿜어냈던 시절 같다.
　그러나 이번에 재출간하는 작품들을 번역하며 느낀 것은, 십

년 가까운 시간이 지났음에도 그의 소설은 여전히 신작 같다는 것이다. 세월감이 느껴지지 않는다. 카피라이터 출신의 반짝이는 문장 덕분일까, 세련된 감각 덕분일까, 타고난 소설쟁이여서일까. 다시 만나는 이시다 이라의 작품은 본문에 나오는 '옛 남자 친구'처럼, 오래전 헤어졌다 다시 만난 남자처럼 편안했다.

스물한 살 정하에게 사랑을 보내며

권남희

1파운드의 슬픔

초판 1쇄 찍음	2015년 8월 1일
초판 1쇄 펴냄	2015년 8월 5일

지은이	이시다 이라
옮긴이	권남희
펴낸이	정용수
펴낸곳	도서출판 예문사

박지원이 편집장을, 이수정이 책임편집을, 양은희가 교정을, 서은영이 표지와 내지 꾸밈을 맡다.

출판등록	1993. 2. 19. 제11-76호
주소	경기도 파주시 직지길 460(출판도시) 도서출판 예문사
대표전화	031-955-0550
대표팩스	031-955-0605
이메일	yms1993@chol.com
홈페이지	http://www.yeamoonsa.com
단행본 사업부 블로그	http://blog.naver.com/yeamoonsa3

ISBN	978-89-274-1454-4 03830

• 이 도서의 국립중앙도서관 출판예정도서목록(CIP)은 서지정보유통지원시스템 홈페이지
  (http://seoji.nl.go.kr)와 국가자료공동목록시스템(http://www.nl.go.kr/kolisnet)에서
  이용하실 수 있습니다. (CIP제어번호 : CIP2015019353)
• 책값은 뒤표지에 있습니다. 잘못된 책은 구입하신 곳에서 바꿔드립니다.